Impressum

Layout: Tina Krauss

Cover : Tina Krauss

Autor : Tina Krauss

Die Namen und Personen des Romans sind frei erfunden.

Eine Namensgleichheit mit lebenden oder verstorbenen Personen wäre rein zufällig. Ungeachtet der Sorgfalt, die für die Erstellung des Textes verwendet wurde, kann der Autor für mögliche Fehler und deren Folge keine juristische Verantwortung oder irgendeine Haftung übernehmen.

2022, Dreamc@cher Verlag, Tina Krauss, 66125 Saarbrücken-Dudweiler

Website Dreamc@cher Verlag: jugendbuecher-tina-krauss.jimdo.com

MUTTERLAND

VI-SI-ON

Tina Krauss

DREAMC@CHER

Inhaltsangabe:

Bilder:

Alle Zeichnungen von Tina Krauss

Ich widme dieses Buch meinem Hund Sam:

»Wohl jenen, die im Herzen immer Welpen bleiben!«

Vorwort:

»Gibt es sie eigentlich? Gibt es sie die ausgleichende Gerechtigkeit? Oder anders gefragt, gibt es das Eine, das wohin wir alle beten und das unsere Geschicke, die der Menschen auf der Welt, lenkt? Und andersherum gefragt, gibt es das Unsagbare, gibt es das Böse?
Manche wären versucht Nein zu sagen. Ich hingegen sage Ja und Ja.«

Die jüngsten Ereignisse der Welt haben gezeigt, wie unverschämt das Böse ist. Es kommt in Menschengestalt, ohne dass es ihm zusteht sich Mensch nennen zu dürfen. Es beraubt andere ihres Lebens, schickt Väter in den Krieg, trennt Familien, nimmt Kindern ihr Leben. Warum? Wie ich in meinem Buch *»Ka-Than-Goo Exodus«* schreibe und ich lege diese Worte einer Figur in den Mund, die eigentlich als Bösewicht startet und am Ende viel Mitgefühl beweist.

»Warum, mein Junge, ist ein Wort, das alle quält! Warum gibt es nicht!«, sagt Jorik, der Faun, um Shoot zu trösten.

Warum machen böse Leute böse Dinge? Nun, weil sie es können.
Denn wir, die Gesellschaft, geben ihnen die Macht dazu. Wir denken:

»Och, so bisschen Ellenbogen darf ein Politiker schon haben. Der Typ an der Spitze des Konzerns darf schon ein paar unorthodoxe Entscheidungen treffen!«

Unsere Auswahl von Führungskräften erzeugt dann und wann Monster. Monster, denen alles andere egal ist und deren einziges Ziel es ist, andere vor sich kriechen zu lassen. Wir sollten unser Schema überdenken.

Der Jugendroman *„Mutterland Vi-si-on"* kommt im Gegensatz zu seinen großen Vorbildern, der Mutterland-Trilogie,
in deren Universum er spielt, bescheiden um die Ecke.
Er mutet etwas kleiner an - die Hauptdarsteller sind es auch. Bei ihnen handelt es sich übrigens um die Großeltern des kleinen Hidden, der in *„Absolution"* Solomons bester Freund ist. In *„Vi-si-on"* habe ich in eine Zeit, in welcher Trudi, Hiddens Oma, selbst erst zehn Jahre alt gewesen ist, zurückgeblendet.
Dennoch wird hier eine große Frage, nämlich die nach einer übergeordneten Instanz, gestellt.
Die kleine Trudi und der zum Tode verurteilte Ten wachsen in einer unwirtlichen, grausamen Welt der Erwachsenen auf. Leider in einer, in der man keinen Pfifferling auf das Leben eines Kindes, das keine Lobby hat, wettet.
Diejenigen, die es dennoch tun, sind skrupellose Erwachsene und das nur, wenn diese Kinder irgendwie Geld einbringen können. Der üblen Fantasie derer, die hier die Fäden ziehen, ist dabei leider keine Grenze gesetzt.

»Doch halt! Vi-si-on wäre keines meiner Bücher, wenn es nicht in der Trostlosigkeit Hoffnung gäbe und die eine Option, dass jemand eingreift. Jemand, der ganz und gar nicht an die Gesetzmäßigkeiten der realen Welt gebunden ist - hier in Gestalt der Weltenlenkerin, Dschaymalla. Sie selbst kann das Zeit-Tor in die reale Welt nicht überwinden, doch sie schickt ihren Vermittler, die Motte, Slotti.
Und Slotti, nun sagen wir es einmal mit seinen Worten, macht seine Sache: `Vertraubelt gut´!«

Also, gebt nie die Hoffnung auf! Sie ist da draußen und manchmal, nur manchmal, da erhebt sie sich und mit ihr erhebt sich der launige Wind. Er zerreißt die Fäden am Weltenbaum, die die Geschicke der Menschen bestimmen und sie verbinden sich neu. Dann entsteht Macht, wo vorher keine war und im besten Falle entsteht Hoffnung.

- Prolog -

Viele waren schon diesem kranken Spiel zum Opfer gefallen. Sie suchten einen Jungen aus, der an diesem speziellen Tag von den Hunden zerrissen werden würde. Dies sollte allen anderen Glück bringen - Glück für ihre verbrecherischen Unternehmungen. So war das Gesetz. Es war ein Gesetz des Todes und der Ungerechtigkeit. Doch wie das so ist, werden Gesetze nicht immer hinterfragt. Sie sind vorher da und nachher da. So wie der Himmel und die Erde.

Außerdem sind nicht alle Verbrecher schlau und tatsächlich sind auch nicht alle Verbrecher böse. Sie werden so, weil sie nichts anderes gelernt haben und von daher sollten wir allen etwas Vernünftiges beibringen.

Einer jedoch, der eigentlich Hutmacher hatte werden sollen, der war sehr böse und wusste das auch. Wenn er mit seiner kleinen, runden, gelben Brille auftauchte, dann hielten die anderen Tunichtgute den Atem an und es wurde still - so still. Der Junge jedoch tat etwas Besonderes. Er beschloss, er würde heute nicht sterben, er würde sich nicht von den Hunden, die tage -wochenlang in einem stinkenden Bauwagen eingesperrt waren, zerreißen lassen. Er würde überleben.

Manchmal ist es so, oder womöglich sogar immer, dass ein Beschluss alles ändert. Er ändert dich, er ändert mich - er ändert am Ende das ganze Universum. Und das sind natürlich die besten Geschichten.

Los geht s!

1-Trudi - Angst

Ich hatte furchtbare Angst. Eigentlich war die Angst mein ständiger Begleiter. Diesmal war es aber anders. Sie schnürte mir den Hals zu und ich glaubte, ich würde mir in meine einzige Hose pinkeln. Ich wusste nicht, wie ich das hatte tun können. Wie konnte ich etwas wagen, dass sich niemals ein anderes Kind getraut hatte. Ich lebte an einem seltsamen Ort. Sie nannten ihn Sodom. Eigentlich war es kein Ort für Kinder und doch gab es viele wie mich. Wir waren hier angespült worden wie Treibgut oder vielleicht hatte man uns auch gesammelt wie solches.

Wir wussten nicht woher wir kamen und hatten keine Eltern. Wir lebten in einer ungewöhnlichen Gesellschaft und wir lebten in Furcht.

Unser Boss war einer, den nannten sie Don, doch er hatte eine Frau an seiner Seite, die half ihm bei seinen Geschäften. Dieser Don machte viele Geschäfte. Er machte Geschäfte mit Autos und einige von uns Kindern besorgten sie ihm. Sie waren viele, sie waren schnell und rotteten sich zusammen wie kleine Nagetiere. Dann knackten sie die Karre und einige fuhren heim, die andern verstreute der Wind.

Niemand sah etwas, niemand wusste etwas. Aber auch mit uns Kindern wurden Geschäfte gemacht, teilweise grausame Geschäfte.

Immer wieder verschwanden Kinder, es wurde gemunkelt, dass es einen Friedhof gäbe, auf ihm lägen einige von ihnen und sie wären ausgeweidet worden. Mein Freund, Flio, hatte mir erzählt, er hätte einmal etwas auf die Krankenstation gebracht und dort habe er Kinder gesehen, die schliefen und niemals aufwachten und sie warteten auf Operationen , bei denen nicht vorgesehen war, dass sie sie überleben sollten.

Sodom war eine Ruine, zumindest der Teil, wo wir Kleinen lebten.

Ich wusste nicht, was passiert war. Wir wussten gar nichts. Nicht wo wir herkamen - nicht wo wir hingingen. Wie die Oberen das machten, war mir nicht klar. Aber wir hatten keine Erinnerung an unser Vorleben. Alles, was wir kannten, war diese Ausweglosigkeit, die Düsternis und den Gedanken, dass es kein Entkommen gab.

Primis

Es ist ein großer Baum, vielfach verästelt und eine Hexe, eine alte Mambo, sitzt an seinem Stamm - Tag und Nacht. Sie ist nicht tot, sie ist nicht lebend.

Sie ist eine Gestalt des Zwielichts und wird Dschaymalla genannt. Wie bei allen anderen Gewächsen, wächst das Übel am schnellsten.

Dschaymalla ist dazu da, alles in der Waage zu halten.

Wir sehen sie nicht, wir spüren sie. Sie ist eine mächtige Frau. Mit dem einen Sinn - dem anderen, für den es keinen Namen gibt, kann sie hinter die Blätter und fein verästelten Zweige sehen, denn durch den Baum kann man auf die andere Seite gehen.

Sie ist mächtig, doch sie richtet nicht. Ihre Augen sind geschlossen. Ohne Augen sieht sie das System der Welt. Sie erkennt die Krankheit, sieht voraus, wer lebt und wer stirbt. Nur selten, ganz selten flüstert der Wind selbst ihr eine Geschichte zu - vom Leben und vom Sterben und von der Gerechtigkeit - die die Geschicke der Menschenkinder wie einen gestrickten Schal verflechtet. Und noch seltener - eigentlich fast nie - zeigt die mächtige Wächterin eine Regung.

Mag sein, sie vernimmt einen Misston im Singsang des Windes oder ihr inneres Auge erblickt eine Unregelmäßigkeit in der Verwebung der Knoten des Spinnennetzes der Geschicke der Erdenkinder.

Dann und nur dann erhebt sich Dschaymalla und mit ihr erhebt sich der Wind und er schüttelt den Lebensbaum, einige Blätter fallen, die Fäden lösen sich und verbinden sich neu.

Manchmal wächst dann dort Macht, wo vorher keine war. Ab und zu sogar Hoffnung.

2-Ten - Zeit

»Zeit«, so sagt man, » ist relativ. Doch hier - wo ich war - war sie lang und sie war ewig. Es war nichts Relatives an ihr. Ich wusste nichts, ich hatte nichts. Sie nannten mich Ten. Ich war etwa zehn Jahre alt, aber so sicher war sich da niemand, nicht einmal der Hutmacher, der mich wohl irgendwann eingesackt hatte, so wie man einen Streuner am Straßenrand mitnimmt.«

Wenn man auf ein schlimmes Ende, das zudem von Hundezähnen ausgelöst werden sollte, wartet und man wartet und wartet - dann ist das Folter.

Man wusste, was kommen würde, man wusste, man würde sterben.

Doch bei mir hatte sich hier im Zwielicht des Bauwagens eine seltsame Gleichgültigkeit eingestellt. Ich tröstete mich in meiner Einsamkeit mit dem Gedanken, dass doch auch alle anderen in irgendeiner Art auf ihren Tod warteten. Eventuell war ich sogar im Vorteil, weil ich genau wusste, wann er käme, er käme am Nikolaustag.

Es war Zufall gewesen - Schicksal wahrscheinlich - der Hutmacher hatte meinen Namen gezogen, er war mit den Namen der anderen Jungs in seinem Hut gewesen. Ich konnte ihn nicht lesen. Für mich war es irgendein Gekritzel. Ich hätte Spuren im Schnee lesen können oder Wolken am Himmel, die Regen ankündigten.

Aber Bleistiftstriche auf Papier? Wer sollte das auseinanderhalten?

Nie hätte ich gedacht, dass so etwas einmal wichtig werden könnte. Doch so war es. Alle Jungs hatten da gesessen - in der großen Halle - auf der schwarzen, von Schlacken durchzogenen Erde und gezittert.

Ich aber hatte nur eine große Kälte gespürt, die sich in meine Knochen bohrte und mein Blick schweifte zur hohen, kuppelförmigen Hallendecke, der Fabrik, die von unzähligen Rissen in ihrem gelbverfärbten Glas durchzogen war. An manchen Stellen waren Fetzen aus der Kuppel gebrochen und man konnte den Himmel erahnen.

Die Wolken jagten einander und nahmen die Form der Hunde an, die das Leben von einem von uns armen Bengeln beenden würden.

»Er wird es sein!«, zischte eine Stimme in meinem Kopf.

»Es ist nicht so wichtig!«, sagte eine andere, dunklere.

»Es ist einerlei, niemand hat eine Chance gegen diesen Dschaydan[1]!«

»Du gibst zu früh auf - wie immer, Koljov!«, meinte die eine Süße, die mich tröstend in den Schlaf sang. »Nicht immer ist alles einerlei. Nicht immer hat man keine Chance. Sag an: Willst du leben? - Dann lebe!«

Der Hutmacher griff in den Hut und seine Gespielen starrten ihn an. Vielleicht hatte er etwas gesagt, vielleicht hatte ich nicht zugehört und meine unbeirrte Unbeteiligtkeit erregte sein übles Interesse.

Neben mir saß der rothaarige Lenni, ich spürte, wie er zitterte, ich musste ihn nicht einmal ansehen. Doch ich war zwar in meiner abgewetzten Hose und ausgehungert, wie ich war, ein gutes Opfer, aber es interessierte mich alles nicht. Denn ich stellte mir vor, dass ich in einer Blase wäre und die Stimmen in meinem Kopf würden mich schützen. Womöglich war es so!

Der Hutmacher zog seine dürre, hässliche Hand aus dem Hut und sie war leer. Ich spürte, wie Lenni und die anderen den Atem anhielten, aber mein Blick ging nach oben zu den Rissen der Kuppel.

---

[1] Anderer Begriff für Teufel

Wie lange würde es noch dauern, bis sie zerriss? Die Scherben würden dieses scheußliche System bedecken und niemand würde mehr Jungs einsperren, die hier niemals hingehört hatten.

Bosko, des Hutmachers grobschlächtiger Handlanger,

wurde ungeduldig: »Boss!«

Ein Lulatsch[2] in Stiefeln, neben ihm, steckte sich eine Kippe an und blies den Rauch über den Hut des Anführers.

Der Hutmacher führte seinen Zeigefinger vor den Mund:

»Psssst! Da ist etwas. Da ist ein Ding, das die Auswahl stört.«

»Boss, da ist nix, kein Ding oder so. Wir können weitermachen. Es ist schweinekalt.«

»Wer hat dich denn gefragt, du Dummbrot? Von so etwas verstehst du nichts. Das ist ein heiliges Ritual und darf nicht gestört werden von irgendwelchen unterschwelligen Kräften.«

Bosko hatte sich getäuscht, denn tatsächlich war da etwas und es kitzelte mein Knie und krabbelte zierlich unter meinem völlig verdreckten Finger hervor. Es war eine Motte, sie war groß und schillernd weiß. An ihren Fühlern glitzerte sie golden. Sie putzte sich,

---

[2] großgewachsener Mann

bevor sie sich in die Luft erhob, in der die Staubkörner tanzten, schien sie mich anzusehen.

Der Hutmacher schob seine kleine Brille, die eher einem Zwickel[3] ähnelte, auf die Nasenspitze und schielte über die goldenen Gläser.

Er sah mich genau an und in dem Moment, als die Motte startete, traf mich sein Blick.

»Du!«, knurrte er.

Ich aber pustete mir nur die schwarze Strähne, die mich immer nervte, von der Nase und schaute dem Tierchen nach, das beinahe schon bei dem größten Loch in der Kuppel angekommen war.

Als die Motte in den Sonnenuntergang flog, las der Hutmacher meinen Namen: »Ten!« und seine Leute rissen mich auf die Füße. Ich fühlte die Erleichterung der anderen Jungs.

»Verpisst euch! Und freut euch! Ihr könnt euer armseliges Dasein weiterleben. Den hier seht ihr nur noch einmal in einem Stück!«

Einige brauchten etwas länger, Lenni drehte sich noch einmal um und sein mitleidiger Blick blieb an mir kleben.

---

[3] **Sehhilfe ohne Ohrbügel**

»Na, du?« Ich wusste nicht, was eine rhetorische Frage war, doch ich wusste, dass der Typ mit dem hageren Totengräbergesicht und den fettigen Haaren nicht wirklich eine Antwort erwartete. Seine Augen blitzten. »Naja, fast ein bisschen schade um dich!«

Er tätschelte meine Wange. »Aber Tradition ist Tradition!«
Da sah ich im Augenwinkel ein Mädchen, das sich hinter einer Säule versteckte. Sie war schwarz und etwa so alt wie ich.

»Wohin?«, fragte Bosko, der mich mit seinem langen Kollegen jeweils an einem Arm hielt.

»In den Bauwagen und gebt ihm was zu essen.«

»Und den Kötern?«

»Denen gebt ihr nix! Soll doch ne Gaudi werden«, meinte der Hutmacher im Fortgehen. »Mach s gut, Kleiner!«

Ich grinste. Mein Blick heftete sich an den Alten und ich dachte: »Ich werde nicht sterben, du alter Sack! Ich bringe dich um und es wird mir ein Vergnügen sein, damit alle Kinder zu rächen, die du auf deinem Deckel hast.«

Secundo

Slotti, die Motte, flog hoch, sie flog in die Farben des schwindenden Tages und als das Orange und das Rosa in einem letzten Sonnenstrahl explodierten, da fühlte sie die Nähte der Zeit und sie quetschte sich hindurch und flog hinter den Vorhang.

»Oh Zwielichtige, Immerwährende! Ich habe ihn gesehen«, der Mittler rief es laut, doch nicht mit Worten, sondern in der Sprache der Innenwelt. Sein Gedanke war rot und glühend. Er bahnte sich seinen Weg ins Bewusstsein der Dschaymalla.

Der winzige Gedanke der kleinen Motte brannte im Kopf der Weltenlenkerin. Er bahnte sich seinen Weg wie ein ungestüm sausender Funke und verfehlte nicht sein Ziel.

Eine Braue der Hexe zuckte. Auf ihre Lider waren mit der Asche Thebens allsehende Augen gemalt und nur mit ihnen konnte man die Wahrheit erkennen.

Dann erwachte sie und mit ihr erhob sich der ewige Wind, er zerrte an den silbernen Spinnfäden, die den ganzen Baum bedeckten, die Tautropfen gefroren und spielten ein trauriges Lied.

»Ist er es?«

»Ja, er ist es!«

Sie schrie, schrie den ewigen Schrei, den die Erwachsenen nie hören, es war ein Laut des Schmerzes und der Wut, er drang durch die Nähte der Welt und weckte dort die Babys.

Sie rief die große, silberne Schlange und in ihrer Hand wurde die Schlange zum Stab des Donners. Vor ihm zitterten Berge und Wälder, Mann und Maus.

»Wir retten ihn!«

3-Trudi - Herausforderung

Die Nacht brachte seltsame Geräusche. Ein Scharren und ein Knistern wie von kleinen Tieren erfüllte die Fabrik. Vielleicht waren wir selbst wie diese kleinen Dinger, denn ich und Flio, wir hatten es uns in unserem Auto bequem gemacht und wir kuschelten uns aneinander und machten es uns gemütlich - sofern man das so nennen konnte. Denn hier roch es sauer nach Rost und Zersetzung. Etwas Benzingeruch war auch dabei.

»Gute Nacht, ich hab dich lieb!«, hatte er noch zu mir gesagt, bevor er seinen kleinen Kopf an mich schmiegte und ich streichelte ihn.

»Ich dich auch! Schlaf gut!«

Sein Atem wurde langsamer und ich wusste er war im Traumreich, ich aber spähte durch ein Loch in der schäbigen Wolldecke und sah Lichter auf und abschwellen. Als ich die Augen schloss, sah ich den Jungen, den der Hutmacher durch sein Losverfahren auserwählt hatte zu sterben.

Ich sah seine helle Haut und seine dunklen Augen. Sein Blick hatte mich getroffen. Er hatte mich gesehen. Das war interessant, denn sonst erkannte mich nie jemand. Das lag nicht nur daran, dass ich schwarz war, sondern war meine Art, mein Leben zu schützen.

Er aber, den sie Ten nannten, war aufmerksamer als die anderen und hatte meinen Blick gefangen, obwohl die Säule und ihr Schatten mich für all die anderen verborgen gehalten hatten. Das Glitzern in seinen Augen hatte mich gefesselt und als alle weg waren, dazu verführt, etwas Gefährliches zu tun.

Kurz bevor der Hutmacher in einem der umliegenden Gebäude, deren rußverschmierte Fenster das spärliche Sonnenlicht aussperrten, verschwunden war, hatte ich etwas fliegen sehen. Es war weiß. Aber die Motte war es nicht gewesen. Sie war prächtig und hatte sich aufgemacht hinter der Kuppel die Freiheit zu suchen.

Dies hier war kleiner und der launige Wind, der in der Kuppelhalle wohnte, spielte nur etwas damit und ließ es dann fallen. Ich vermutete, es sei das Los gewesen, das Tens Schicksal besiegelt hatte.

Es zog mich von Säule zu Säule. Ich verharrte, beobachtete die sirrende Beleuchtung und die Türen. Gerade wollte ich meine Deckung verlassen, da hörte ich eine piepsende Stimme in meinem Kopf: »Vorsicht!« Ich wusste nicht, was das bedeuten sollte, dennoch ließ ich mich in meiner Bewegung einfrieren.

Da wurde die Tür des Gebäudes vor mir aufgerissen und verrostete Glöckchen bimmelten. Musik ergoss sich ins Freie.

»Ja, ihr könnt mich alle mal!«

Ein riesiger Typ mit Bikerstiefeln trat in die Halle und schritt auf die Säule links neben mir zu, er hielt sich schwerfällig an ihr fest und öffnete seinen Latz, um dahinter zu pinkeln.

»Diese Vollidioten haben gar keine Ahnung! Niemand schlägt mich beim Dart! Das würde noch fehlen! Die werden den alten Rus noch kennenlernen. Schweinerei!«

Ich lauschte, wie er den Reißverschluss zuzog, dann stapfte er zurück und sein riesiger Stiefel trat ungeachtet auf das Papier, dass es in die schwarze Erde gepresst wurde und kaum noch zu erkennen war.

Ich aber hatte es gesehen und holte tief Luft. Als die Glöckchen noch einmal klingelten, rannte ich halbgebückt auf die Stelle zu. Meine Finger fühlten das Los und ich griff zu, beim zweiten Versuch ließ es sich vom Untergrund lösen und ich rannte zurück, zurück zur Säule, hinter der ein Loch in der Außenmauer der Kuppelhalle klaffte.

Wieder wurde eine Tür geöffnet und der Schreck saß mir im Nacken als ich wegrannte.

»Hey!«, rief eine Männerstimme mir nach.

In meinem Kopf piepste es: »Schneller!«

Doch ich lief schon so schnell, wie es mein Flickenrock zuließ. Da hörte ich die Hunde hinter mir bellen. »Bitte nicht, bitte nicht!«

Ich wusste, dass ich in der Halle nichts zu suchen hatte, mein Arbeitsumfeld lag im Obergeschoss, wo der Don und Natalia thronten und wo man von oben in die Außenwelt sehen konnte. Ich war dort zwei der vielen, kleinen, flinken Hände, die die beiden Oberen versorgten, für sie sauber machten und sich nicht blicken ließen.

»Was hat das Frettchen da gemacht?«, fragte eine
zweite Männerstimme.

»Ich weiß es nicht«, meinte der, der mich vorhin gerufen hatte, »wahrscheinlich was zu essen gesucht.«

Ich aber war schwer atmend in dem Loch verschwunden und mein Herz schlug im Rhythmus einer rasenden Lok. Unter meinem Hemd lag der Zettel und pulsierte auf der Haut, so wie es nur ein Geheimnis konnte.

Nun jedoch war ich zurück bei Flio in der halbherzigen Sicherheit unseres Versteckes. Die Decke war über uns, das Auto verrammelt und es musste für zufällig Vorrüberkommende verlassen wirken. Allerdings war nicht alles, wie es schien. Und es war hier nicht unüblich, dass so

Kleine, wie wir, die alten umherstehenden Karren als Zufluchtsorte nutzten. Immer wieder musste ich an den Jungen denken. Ich dachte an seinen Blick, als sie ihn weggezerrt haben. Er war nicht mal traurig gewesen oder überrascht. Sein Ausdruck war eher herausfordernd - so nach dem Motto: Was willst du denn?

Ich musste doch irgendwie eingeschlafen sein: Ich träumte von der jungen Natalia und dem Don. Sie war noch ein Mädchen und unersättlich, egal um was es ging. Sie hatte rote, seidige Haare, die der junge Pate manchmal berührte. Dann sah sie ihn an und er lächelte. Ich wusste nicht, wie sie zu ihm stand. Sie schienen irgendwie verwandt zu sein. Vielleicht hatten sie auch etwas miteinander.

Womöglich waren sie einfach nur vereint in Bosheit.

Man merkte es gar nicht sofort. Man hätte meinen können, die beiden seien nur dekadent, haltlos oder unendlich reich. Dieser Reichtum allerdings kam nicht von ungefähr und er hatte mit uns Kleinen zu tun.

Einmal hatte ich im oberen Stock geputzt, vor dem kleinen Salon, in dem ich Staub wischte hing ein roter Samtvorhang in einem Rundbogen. Als ich die Stimme des Hutmachers hörte, wie sie schleimig aufs Parkett floss, hielt ich inne und beobachtete die Szene vom Vorhang aus.

»Natalia, ich hoffe, ich störe nicht!«

»Das kommt ganz darauf an, Vincenzo!«

Sie hob das zierliche Sektglas und drehte den Kopf zum Sessel. Dennoch lag in ihren Augen die Abscheu vor etwas ganz und gar Widerlichem, vor etwas, das man niemals berühren wollte.

»Hast du ein Kind zwischen fünf und sechs? Du weißt die Tochter des Senators, ihr Herz macht es nicht mehr lang.«

»Nun das ist nicht so einfach. AB ist extrem selten und keines der Kinder passt. Wir hatten welche...«

»Schweig!« Sie knallte das Glas auf den Tisch, dass es klirrte.

»Ich gebe dir diesen einen Auftrag, nur diesen einen...und was machst du, du Fliegenschiss von einem Speichellecker?«

»Aber Patronesse...sie hatten...«

Sie trank, sprang auf und fasste sich an den Kopf. Da hätte sie mich beinahe bemerkt, aber ich huschte ins Dunkel der Wand. Ich hörte Schritte, die auf den Vorhang zukamen. Sie riss ihn zur Seite, aber da lag ich schon unter der Chaiselongue.

»Hör zu Hutmacher! Ich rate dir, schaff mir ein Herz innerhalb von einer Woche bei, sonst nehme ich deines.«

Die hochhackigen Schuhe entfernten sich: »Louis, der blöde Hut-Fuzzi hat kein Kind gefunden.«

»Reg dich nicht auf, mein Herz! Das ist schlecht für den Teint!«
Ich hörte schwere Schritte und der Don sprach:
»Du wirst doch einen finden, wirst du doch?«
»Ja, Don. Ich mach s, mache alles, was du sagst. Glaub mir, ich...«

»Ich glaube dir und weißt du warum? Weil ich sonst das Nikolausritual verändere. Dann sehen wir einmal, wie schnell **du** *gegen die Hunde rennst.«*

Ich erwachte, weil ich spürte, wie sich etwas unserem Unterschlupf näherte. Ganz leise und unscheinbar hörte ich erst ein Schnuppern, bald ein schweres Atmen, dann ein Scharren. Die Haare in meinem Nacken begannen sich zu stellen. »Was war das?«

Flio bewegte sich unruhig. Das Auto begann zu wackeln und dann war da auch auf der anderen Seite ein Schnaufen und Flio wachte auf. Doch ich hatte vorsorglich meine Hand fest auf seinen Mund gepresst.

»Hmm...Tru...d...mm?«

»Schsch...da draußen ist etwas!« Ich zog ihn tief in den Zwischenraum zwischen Rückbank und Fahrersitz und die Decke über uns.

»Ruhig, ganz ruhig!« Ich umarmte ihn fester.

Das Scharren und Kratzen wurde immer drängender und das Auto zitterte.
Ich spürte die wachsende Anspannung in Flios kleinem Körper und als Krallen über das Metall der Türe schabten, da gab es eine hässliches Quietschen und ich befürchtete der Kleine würde doch schreien.

»Lieber Gott, bitte hilf uns, lass diese Viecher verschwinden! Ich, Trudi, bitte dich!«

Auf meiner Stirn spürte ich Tropfen und Flios Zähne bohrten sich in meine Hand.

»Bitte!«

Da ertönte ein schriller Pfiff und das Kratzen und Beben hörte abrupt auf. Ein unterdrücktes Kläffen war zu vernehmen und Klopfen, dann war alles still.

Ich streichelte Flio und irgendwann viel, viel später schlief ich.

Tertius

Die Dschaymalla war wach, sie schloss die Augen, um besser zu sehen. Doch ihr Kopf und ihr Herz wurden weit. Sie umfassten die ganze Welt. Die Hexe lauschte und die Tauglöckchen und der Wind erzählten ihr ein Lied. Es war das Lied von der Ungerechtigkeit und es war das Hymne des Schicksals.

»Hatte die kleine Motte richtig gesehen? Hatte sie rechtes Zeugnis abgelegt?«, überlegte die Weltenlenkerin. »Natürlich hatte sie das.« Zwar war Slotti aus einer Laune des Waldgottes heraus geboren - durch ein Niesen oder Ähnliches - zudem war er koboldverwandt, aber die kleine Motte konnte Recht von Unrecht unterscheiden und dazu flog sie in die Menschenwelt. Dschaymalla horchte abermals. Sie nahm Platz und verfiel in einen tranceähnlichen Zustand, um zu zaubern. Der Donnerstab wurde wieder Schlange und die Schlange war müde, sie kroch in ihre Höhle im Weltenbaum. Dschaymalla sang einen heiligen Sing-Sang und unter ihren Händen war ein Samenkorn. Aus dem Korn kringelte sich ein Spross und er tanzte zu dem Gesang. Dann wuchsen dem Grün weiße Blätter und die Blütennarbe war golden.

Slotti kam heran: »Oh, sie ist sehr schön. Sie ist wie ich. Hallo!«, grüßte

sie die Blume. Allerdings war der Zauber noch nicht fertig:
»Schweig, ungestümes Flug-Ding! Sie kann nicht bleiben!«

Gerade wollte die Blume ihm antworten, das hatte Slotti genau gespürt, als sie mit einem plötzlichen Puff zu goldenem Staub explodierte.

»Hey!«, protestierte Slotti. »Sie wollte meine Freundin sein. Ich bin so alleine und du spielst nie mit mir.«

»Ich spiele mit andern Dingen und ich erschaffe die Blume wieder neu. Nun aber flieg mit ihr und schaue, dass das Pulver zu dem Jungen findet. Er muss es einatmen. Er soll es tun! Denn ich bin müde. Tust du das für mich?«

Slotti putzte seine goldenen Fühler: »Na klar!«

Dschaymalla gähnte, sie rief den Wind und der nahm das Pulver mit sich und Slotti glitt mit ihm in eine andere, gefährliche Welt.
»Bleib nicht zu lang! Du weißt ja!«

»Ja! Ja!«, antwortete Slotti mit der Selbstverständlichkeit aller kleiner Wesen, die alles besser wissen.

4-Ten -Vorhang auf!

Sie hatten mich im Bauwagen abgelegt wie man einen Sack loswird. Die Tür war ins Schloss gefallen und Dunkelheit hatte sich ausgebreitet. Ich döste und träumte, das schwarze Mädchen kam mir in den Sinn. Sie hatte irgendetwas Besonderes an sich und auf ihren dunklen Augen lag ein goldener Schimmer.

Sie hatte mir so traurig nachgesehen, als der beschränkte Bosco und sein debiler[4]Kollege mich weggeschleift hatten. Es fühlte sich so an, als würden wir uns schon lange kennen. Richtig lange, über dieses Leben hier hinaus.

Sie war mir wohl ein oder zweimal über den Weg gelaufen, als ich im großen Hof nach der Arbeit Wasser schöpfte. Damals war es sonnig gewesen - heute kannte ich das Wetter nicht. Der Himmel war weit. Er war dort, wo die Motte war, doch sie käme niemals wieder, nicht an diesen Ort.

---

[4] geistig eingeschränkt

Die Hunde kratzen und scharrten vor Hunger. Als die Tür aufging, kniff ich die Augen zusammen. Im Eingang zum Bauwagen stand ein kleiner, dünner Engel.

Als ich wieder etwas sah, bemerkte ich den Teller in ihrer Hand. Widerwillig stand ich auf und stemmte mich gegen
das hereinströmende Licht.

»Soll ich...muss ich?« Sie schüttelte den kleinen Kopf:
»Noch nicht! Nimm!«

Sie wackelte ein wenig mit dem Teller und ich spähte misstrauisch an ihr vorbei, da zeichnete sich Rus hünenhafte Gestalt ab.

»Mahlzeit!«, er kam an dem Mädchen vorbei und reichte mir mit seiner großen Pranke eine kleine, glänzende Flasche. Dann griff er mit seinem großen Finger in den Teller, den das Mädchen hielt und lutschte den Kartoffeleintopf ab. »Kannste essen, Kleiner! Wenn ich dich tot sehen wollte, wärst du es schon. Du hast noch ein bisschen!«

Ich nahm den Teller und die Flasche. Ich setzte mich und begann das Püree wie irre in mich reinzuschaufeln. Neben mir in dem Bauwagen drehten die Hunde durch, sie sprangen gegen das Holz, kratzten und jaulten. Sie winselten und begannen schließlich sich gegenseitig zu attackieren. Es war mir egal, ich hatte den Geschmack der Kartoffeln auf der Zunge. Es war mir auch schnurz, dass der Hüne die Türe schloss und ich zuckte nur einmal kurz zusammen, als er gegen den Bauwagen schlug und: »Haltet s Maul, ihr Drecksviecher!«, schrie.

Die Meute verstummte kurz, um nach einer Sekunde noch mehr zu kläffen und zu knurren. Ich wickelte mich in die speckige Decke und schlief eine Weile.

Mir träumte, ich könnte fliegen wie die schillernde Motte und ich flog von diesem verfluchten Ort zu den Sternen. Ich hatte drei Stimmen im Ohr: Die eine helle Stimme, sie hieß Eide und sang ein Wiegenlied, neben diesem Sing-Sang spornte mich eine andere Stimme an, die nannte man Lot. Seine Tonlage war eben und wohlklingend:

»Du schaffst es, Ten! Du bist derjenige, der es schafft zu entkommen!«

Da war noch ein dritter, dunkler Part und Eide rief ihn Koljov:

»Was redet ihr für einen Unsinn? Wie soll er es schaffen? Er ist gefangen und er ist klein, noch kleiner als wir...«

»Lass das«, wetterte das Mädchen, »das ist nicht nützlich, Koljov! Ich sehe etwas in ihm und das ist gut.«

»Wir waren auch gut. Und wohin hat uns das gebracht?«, motzte Koljov.

»Lass doch einmal die Vergangenheit los!« Das war Lot.

Ich streckte die Finger nach einem leuchtenden Stern aus, schaffte es aber nicht ihn zu berühren.

Da kam die Motte angesaust. »Hallo, ich bin Slotti!«

»Hallo, ich bin Ten! Ich dachte, du bist im Himmel!«

»Dies hier ist Sleldel, ein Ort zwischen den Welten. Ein Punkt zwischen Wachen und Traum.«

»Und wofür ist es gut?«, wollte ich wissen und ich sackte ein wenig ab, denn Sprechen und Fliegen zusammen war schwer.

»Sleldel ist nicht gut. Es ist zum Treffen und zum Fliegen!«

Die kleine Motte machte eine zierliche Pirouette.

»Du auch! Du auch!«

»Na, schön!« Ich beschleunigte, das war irgendwie anstrengend, obwohl ich die Arme nur gerade halten musste und die Kraft aus meinen Gedanken kam. Ich versuchte mir den Bogen vorzustellen und schoss auf die Flugbahn zu. Doch als ich mich drehte und mein Kopf plötzlich unten war, da wurde mir schwindelig und ich fiel.

»Hilfe, Slotti! Hilfe!«

Ich hörte die helle Mädchenstimme lachen und es schallerte wie Glöckchen. Ich stürzte immer noch und durchstieß beim Fallen ein Wölkchen. Slotti sauste neben mich.

»Glaub an dich!«

»Waaas?« Dann landete ich in etwas unglaublich Weichem und Wolkenteile flogen wie Badeschaum davon. Ich war außer Atem und hätte heulen können. Slotti steckte mit dem Kopf in der Wolke und lachte: »Sleldel ist zum Fliegenlernen.« Das Insekt säuberte seine Fühler, es grinste mich. »Komm!«, forderte es.

Da schwirrte es schon drauflos.

»Warte doch, ich hab Angst!«

»Das ist das Problem!«, rief Slotti von weitem.

»Geh nicht weg! Ich weiß nicht, wo ich bin!«, jammerte ich.

»Das ist das zweite Problem. Lass los!«, schrie er von noch weiter weg.

Da war es mir einerlei, ich begab mich in Gottes Hand und sprang.

»Ich kann es! Ich kann es!« Ich fegte mit einem Affenzahn quer durch zwei Wolkenfelder und durchstieß sie alle wie ein Jet.

»Heidewitzka! Du gehst ja ab!« Slotti pfiff anerkennend.

»Die kann man übrigens essen! Schmecken vorderzüglich!«

»Okay!« Ich biss im Vorbeifliegen in eine weiße Wolke. »Bäh!«

Ich spuckte das Stück aus, wonach es weiterdümpelte und sich mit dem nächstbesten Fetzen zusammentat.

Die Motte lachte und ein paar pinke Flusen flogen aus ihrem Mund.

»Hab dich vertraubelt!« Er flog im Zick Zack vor Lachen. »Du musst

doch die Rosanen nehmen. Die Weißen sind doch gar noch nicht reif.«

»Slotti?«

»Hm?«

»Du kommst nicht aus meiner Welt, oder?«

»Hm, nö! Aber warte, ich will dir etwas zeigen. Siehst du das Zeit-Tor? Da müssen wir durch.«

Wir flogen durch ein Wolkenfeld oben und unten Sterne und vor uns lag eine Art riesiger Trichter.

Plötzlich zügelte er das Tempo: »Wir quetschen uns durch die Naht, aber du musst aufpassen, denn bei euch Erdenkindern ist es so: Niemand schafft es hindurch, der auch nur das Geringste auf dem Kerbholz[5] hat, denn dann...«

»Wie?«

»Nun, da macht es Puff und weg seid ihr. Aber naja, es gibt ja jede Menge von euch Schlingeln. Puffi-Puffi-Pufferling, was bist du für ein Schlingelding?«

Er begann seinen Kopf durch eine wirklich riesige Naht in hellem, nachgiebigem Stoff zu winden.

»Du Slotti, ich weiß nicht...«

Er zog den Kopf wieder heraus: »Wie? Willst du nicht puffen?«

---

[5] ausgefressen

Ich schüttelte energisch den Kopf.

Da grinste Slotti verschmitzt: »Vertraubelt, vertraubelt! Hier hat noch nie jemand gepufft. Wäre aber vielleicht lustig. Puff! Puff!«

Misstrauisch fasste ich die Membran an den Nähten an. Es vibrierte unter meinen Fingern. »Ist das lebendig?« Ich steckte meine Hand durch einen Schlitz in der Naht, es kitzelte - gewaltig sogar - ich zog sie zurück.

»Wovor fürchtest du dich? Es kann doch gar nicht schlimmer werden.«

»Bin ich verrückt oder werde ich verrückt?«

»Nein, du bist nur anders und du wirst noch anderster. Und das hier ist die bessere Seite, nur als ob du hinter einen Vorhang schaust. Vertrau mir, ich vertraubel dich nicht!«

»Okay!« Ich steckte meinen Arm in die Naht und dehnte sie etwas um mit der Schulter und Kopf nachzuziehen. Es kribbelte, als liefen tausend Ameisen auf mir herum, dann in mir, schließlich wurde es leichter und angenehmer.

In meinem Kopf war eine Stimme: »Slotti, du freches, kleines Flug-Ding. Wo bleibst du? Was treibst du?«

»Uppsi, muss gehen, Flug-Freund! Bis denne!« Er ging und es entstand ein Sog. Doch kurz bevor ich in seine Welt gezogen wurde, riss mich

etwas brutal zurück und es war die Erwähnung meines Namens. Jemand rief mich: »Ten!«

5-Trudi -Vorsehung

Nachdem die gruselig-graue Nacht vergangen war, wie gruselig-graue Nächte Gott sei Dank vergehen, sah ich das Glühen am Horizont und erschnupperte einen regnerischen neuen Tag. Flio streckte sich und gähnte.

»Trudi?«

»Ja!«

»Hab schlecht geträumt.«

»Was denn?« Ich sah in sein Gesicht mit den schmutzigen Pausbacken und strich ihm die Haare unter seine Mütze.

»Ich habe geträumt, sie hätten mich von dir weggeholt und ich hatte viel Angst. Ich habe von dem Ort geträumt, wo die Kinder ewig schlafen. Und hattest du auch einen Traum?«

»Ja«, ich nickte, »von blutrünstigen Viechern.«

»Ich kann dich beschützen!«, versprach der Kleine. »Aber ich muss gehen. Der olle Hutmacher wartet auf die ollen Autos.«

Ich hatte ein Stück Brot für ihn für dieses Brot riskierte ich jeden Tag meine Finger im Obergeschoss. Ich drückte es ihm in die Hand, aber hielt es noch fest, als mir eine Frage in den Sin kam: »Du Flio, würdest du das wiederfinden - ich meine den Ort, wo die Kinder schlafen?«

»Der mit den Pieps-Dingern?«

»Ja.«

»Na, logisch!«, er grinste und gab mir einen Kuss auf die Wange.

Er griff das Brot.

»Zeigst du ihn mir heute Nacht.«

»Nachts schlaf ich doch, Trudi!«

»Heute nicht!« Er drehte sich um Richtung Tor, wo sich schon ein paar der kleinen Autoknacker trafen.

»Flio?«

»Was denn?«

»Und wenn du einmal, da draußen bist und du hättest die Gelegenheit zu laufen und abzuhauen. Würdest du das dann tun?«

»Niemals ohne dich!«

»Und wenn ich bitte sage und dass es besser ist?«

»Du weißt doch, dass das Unsinn ist, du kannst doch gar nicht ohne mich! Tschüss Trudi!«

»Tschüss Flio!«

Eine Schlange fesselte mein Herz und ich spürte jeden Schlag in der Kehle und musste ihn runterschlucken. Aber ich wusste, der Kleine würde niemals ohne mich gehen und vielleicht war es am Ende doch grausam, das zu verlangen.

»Gehe zu ihm und zeig ihm den Zettel!«, verlangte eine helle Stimme in meinem Kopf. Sofort war mir klar, dass sie den Jungen im Bauwagen meinte.

»Er kann den Zettel nicht lesen und ich kann es ebenso wenig. Wie soll das dann wichtig sein?«

»Überlass das Fortuna!«

»Eine Fortuna kenn ich nicht!«

»Such, das Mädchen, das das Essen in den Bauwagen bringt!«

»Heißt die Fortuna?«

»Nein, sie heißt Srill.«

Ich würde dieser Srill einen Besuch abstatten, aber noch war nicht Essenszeit.

Also rannte ich die Treppen hoch, mein Blick hing an den zerborstenen Scheiben, des großen Fensters, die golden schimmerten.

Das Licht des Tages stieg herauf. Total aus der Puste kam ich oben an und meine Freundin, Edda, erwartete mich mit meiner Schürze in der Hand. Ich wusch mich in der Dienstbotentoilette - jedenfalls Gesicht und Hände.

Als wir durch den Hintereingang hereinhuschten, schlug die Wanduhr achtmal. Gerade noch geschafft.

Der junge Don saß am Frühstückstisch und war schon in voller Montur - sprich Anzug und Krawatte. Er trank dampfenden Kaffee aus einer weißen Tasse. Seine Partnerin saß ihm komplett derangiert gegenüber. Ihre roten Locken standen wirr vom Kopf, ihre Schminke vom Vortag war in ihrem Gesicht verschmiert. Und dennoch - als ich sie so von der Seite sah - denn ich und meine Freundin versuchten uns mit Mopp und Staubwedel bewaffnet an den beiden Oberen vorbei zu schleichen, da schien sie auch in diesem Zustand etwas extrem Anziehendes zu haben. Ich habe gleich ein Treffen mit Zodiac wegen dem Marihuana-Handel im Süden, er baut da so einen Standort, den will er Abschalom nennen, auf. Er braucht von uns ein paar geeignete Kids zum „Züchten“. Natalia schlürfte gerade ihren Milchkaffee. Bei dem letzten Wort spuckte sie ihn in einem Schwall über ihren Teller. »Bäh, mit dem Arsch triffst du dich? Pfui Teufel, ich hab gehört, das soll ein Kinderficker sein, Louis!« Sie sprang auf und nahm den Don an der Krawatte. »Oh Louis, Louis, Louis, ich sage dir diese Pimpernelle ist kein Umgang für dich!«

»Mensch Natalia, mach doch keinen solchen Aufstand!« Er richtete sich auf und befreite seine Krawatte. »Es geht doch nur ums Geschäft. Und macht er gutes Gras, kriegen wir unseren Anteil und es kann uns egal sein, was er nachts so anstellt.«

»A propos nachts...«, sie griff ihn wieder am Schlips, »du hast immer viel zu wenig Zeit für mich und du bist viel zu oft weg, Stiefbruder. Du kümmerst dich immer ums Geschäft und ich langweile, langweile, langweile mich!«, quengelte sie.

Nun tätschelte sie ihm die Eier durch die Hose und er wurde rot.

Ich konnte mich nicht bewegen und einmal traf mein Blick mich und ich hielt nicht stand, sondern sah auf meine nackten Füße.

»Natalia, entgegnete er entschieden, natürlich habe ich Zeit für dich, aber ich muss auch arbeiten. Weil schau«, er strich ihr zärtlich eine Strähne hinter das Ohr, »ich bin der Don, der Pate, ich muss mich kümmern. Okay? Und wenn du dich etwas mehr mit dem Geschäft befassen würdest, wärst du sicher sehr gut!«

»Denkst du das wirklich, Louis? Verarschst du mich nicht?«

»Versuch es mal, du wirst sehen!«

Ich konnte nicht anders, ich musste spitzen und den Kopf heben.

Sie fühlte sich beobachtet und erst jetzt bemerkte ich das stille, blonde Küchenmädchen, das mit einer Karaffe in der Ecke stand. Natalia keifte sie an: »Was glotzt du? Mach die Schweinerei weg!« Sie zuckte zusammen, eilte zum Tisch und versuchte mit zittrigen Fingern den Teller voll Kaffee wegzutragen. Ich beeilte mich meinen Mopp an mich zu bringen. Er rutschte mir aber leider aus der Hand, weil die beiden Oberen wild knutschten und ich dadurch abgelenkt war. Die Blonde aber war hochkonzentriert und huschte mit dem Teller an Natalia vorbei, als der Mopp auf den Metalleimer knallte und einen Mordsradau machte.

Vor Schreck entglitt ihr das glitschige Porzellan und der Teller flog weit über die Köpfe der zwei Oberen hinweg. Der Kaffee, den Natalia vorhin ausgespuckt hatte, spritzte überallhin: Auf Dons weißes Hemd, in Natalias Haare, auf den Bademantel, den sie trug. Der Teller allerdings landete unbeteiligt auf dem langhaarigen Teppich.

Das Mädchen riss die blauen Augen auf und ich verharrte in einer gebückten Haltung. Natalia aber fing an zu schreien, drehte sich um und gab dem Kind hinter ihr eine schallende Ohrfeige. Während es noch entgeistert seine Wange hielt, schubste sie es mit Macht von sich, dass die Kleine gegen einen Stuhl knallte und weinte.

»Du dumme Trine, du bist noch zu doof zum Kaffee aufsammeln. Sieh, was du getan hast!« Allein das Mädchen konnte nicht schauen, es lag verkrümmt am Boden und wimmerte herzerweichend.
Der junge Don jedoch lachte, obwohl sein Hemd vor Kaffee tropfte.

Er hörte nicht auf zu lachen und fasste schließlich seiner Stiefschwester an den Po.

»Komm, das ist eine göttliche Fügung! Wir müssen uns leider noch einmal ausziehen.«

»Jetzt, wo du es sagst!«

Sie ließ sich von ihm mitziehen.

Die Oberen waren im Schlafzimmer verschwunden.

Ich kniete mich neben die Verletzte und wollte ihren Fuß begutachten, den sie mit beiden Händen umklammerte.

»Es wird gleich besser, er ist nur verstaucht!«, tröstete ich, ohne es genau zu wissen. Ich löste ihre Hände und stellte fest, dass der Knöchel bereits sehr geschwollen war.

»Wo schläfst du?«

»Unten neben der Küche.«

»Versuche aufzustehen! Edda und ich, wir stützen dich!«

»Okay! Ich versuche es.« Ich zog sie hoch, aber sie jammerte: »Aua, ich glaub, ich schaffe es nicht!«

»Du musst, stell dir vor, was passiert, wenn Natalia zurückkommt.«

Sie versuchte es nach Kräften, aber es klappte nicht. Ich und Edda zogen an ihr. Aber sie sackte immer wieder zurück, als ob ihr unverletztes Bein ihr geringes Gewicht nicht zu tragen in der Lage sei.

»Wie nennt man dich?«

»Ich bin Srill!« In meinem Kopf blitzte Erkennen.

»Srill, komm jetzt!« Ich zog, doch ihre Knie zitterten und wieder sackte sie zurück. »Bitte Srill, gib alles! Sie kommen sicher gleich zurück. Auf drei. Eins, zwei, drei...!«Da stand sie und meine Freundin Edda und ich griffen ihr unter die Arme und brachten sie, ich wusste auch nicht wie, die verschlungenen Treppen hinunter bis zum Küchentrakt. Dort zeigte sie uns hinter Kisten und Kasten unter einer Treppe ihren Schlafplatz, den man von außen kaum sah.

Es war mehr ein Versteck, so wie auch wir eines hatten. In manchen Zeiten im Leben, an manchen Orten war ein Versteck so teuer wie Rat. Wir hatten sie kaum abgelegt, da keuchte Edda, meine liebe, robuste Freundin: »Ich gehe schnell zurück und lenke die Patronesse ab, sonst wird es Strafe geben.«

Die Verletzte griff nach ihrem Ärmel: »Danke!«

»Gar nix für!«

»Wo gibt es denn hier Wasser? Ich will den Fuß ein wenig kühlen.«

Sie zeigte geradeaus in eine unbestimmte Richtung, dort wo aus dem runden Eingang zur Küche Licht ins Dunkel floss. Ich rannte dorthin, Schweiß stand mir auf der Stirn und mein Magen schrie nach Essen. Ich schlüpfte in die Küche, wo ich zwischen all den Leuten, die hier hin und her flitzten, gar nicht auffiel. Links war ein großes Emaille-Waschbecken mit einem hohen, gewundenen Hahn. Schräg darunter stand ein dickes Holzfass, in ihm schwappte dunkles Wasser. Ich trat heran. Ich schaute hinein und mein eigenes Gesicht sah mir entgegen.

Die Glühbirne in der Deckenlampe schwächelte und es wurde kurz dunkel, um mich herum erstarben die Geräusche und als ich noch einmal ins Fass sah, lächelte mich das Gesicht des totgeweihten Jungen an. Ich erschrak. Dann berührte ich mit dem Zeigefinger seine Lippen. Das kühle Wasser kräuselte sich, aber er blieb.

»Du musst zu ihm gehen!«, sagte eine helle Stimme in meinem Inneren.

»Du bist diejenige Schicksals-Wenderin und Trudi, du kannst es schaffen!«

»Nix für ungut, ich habe genug mit mir und Flio zu tun. Wir müssen hier weg!«

»Alle müssen hier weg! Hier geschehen grausame Dinge! Du musst ihm helfen.«

»Ich würde wirklich, aber wie?«

»Zunächst einmal musst du zu ihm und dann...«

Der Wasserspiegel wurde unruhig und begann Wellen zu schlagen. Plötzlich war da ein anderes Bild. Kinder in weißen Betten, neben ihnen zuckende Bildschirme und Schläuche - sie schliefen. Ein Arzt kam, er machte einen Jungen grob von einer Verkabelung los und fuhr mit seinem Bett fort. Der Kleine erwachte nicht und als das Wasser sich beruhigte, da erkannte ich: »Flio!« Ich hielt mir die Hand vor den Mund.

Da legte sich mir eine wuchtige Pranke auf die Schulter:
»Was machst du hier?«
Mit einem Mal war es wieder laut, die Pranke rüttelte mich und sie gehörte zu einem großen, muskulösen Kerl mit Kochmütze.
»Du bist doch keine der Küchenkräfte!«
Ich wollte ihm ja antworten, aber meine Zunge war fest mit meinem Gaumen verschmolzen und ich schielte sehnsüchtig nach dem Wasser.
»Ich k…k…k…komme w…wegen d…dem Frühstück.«
»Wegen wessen Frühstück?«
»D…d…der J…Junge im Bauwagen.«
»Das macht doch Srill. Wo is sie überhaupt?«
»Sie liegt, sie is verletzt. Natalia!«
»Natalia, also?«
Ich nickte.
»Und du willst das machen? Mit Bosco?«
»Ich soll, ich muss!«

»Rede nicht mit dem armen Kerl! Das macht das Ganze noch schwerer, noch beschissener.«

Ich nickte nochmal.

»Wer hat das eigentlich befohlen?«

Ich hätte ihm sagen können, ich hörte Stimmen in meinem Kopf.

Nur ich wusste nicht, ob das so gut ankäme. So zeigte ich nur mit meinem Finger nach oben, Richtung Deckenrundung, denn die Küche lag in einer Art Kellergewölbe.

»Anweisung von oben, also?« Ich bejahte.

»Ich bin Axel! Und du?«

»Trudi! Ich bin Trudi!«

»Ich hab was für dich, kleine Lady!« Er zauberte, ich wusste nicht woher, zwei knallgrüne Äpfel und er rieb sie an seiner Schürze, bevor er sie mir gab.

Einen steckte ich in die Schürzentasche. In den anderen biss ich sofort hinein. Es umfing mich eine herrliche säuerliche Süße, eine süße Sauerkeit. Ich hatte keinen Namen dafür.

Axels »Warte noch!« hörte ich kaum.

Ich wollte Srill eigentlich, das Wasser und einen Lappen bringen. Kurz darauf stand Bosco schon vor dem Eingang. Er war wirklich einer der widerlichsten Parasiten, die hier herum kreuchten. Er starrte mich feindselig an. Ich hätte gerne gesagt: »Ich weiß, dass hier unschuldige Kinder in einen Todesschlaf versetzt werden. Und du hast etwas damit zu tun.«

Doch höchstwahrscheinlich hätte ich damit, obwohl ich nicht einmal schreiben konnte, mein Todesurteil unterzeichnet.

»Was glotzt du so, du Göre?«

Er zündete sich eine an und ich wendete mich ab.

Da kam Axel mit einem Tablett mit einem abgedeckten Teller und einer Flasche.

Er drückte mir das Tablett in die Hand und durch Bosco ging ein Ruck.

»Was soll das, Axel? Wo ist die kleine, süße Blonde? Was soll ich mit dem Schwarzbrot?«

»Die süße Blonde ist krank und du kannst es gerne alleine machen.«

Er hielt Bosco das Tablett hin, doch der verschränkte die Arme:

»Soll ich dann etwa den Piss-Eimer von dem Bengel leermachen? Soweit kommt es noch!«

»Na, denn! Au revoir!«

Quartum

Slotti und der goldene Staub der Blume flogen in die normale Welt. Ihr Ziel war klar: »Fliegt zu dem Jungen. Der Staub wird ihm helfen. Sorg dafür, dass er ihn einatmet, Slotti!«

»Wird gemacht, Dschaymalla! Slotti, macht das schon! Macht das ganz schön gut!«

Der Staub verfolgte die Motte, als sei er lebendig. Ab und zu sah sie sich beim Fliegen um und vollführte links und rechts einen Bogen. Aber die Staubwolke formierte sich immer wieder neu und machte ihr alles nach.

Etwas aus der Puste von diesen Kapriolen kam Slotti am Zeit-Tor an. er begrüßte es mit seiner Hand und schlüpfte hindurch. Dann hielt er die Naht auf der anderen Seite etwas auf und der Blumenstaub kam ihm nach. Der Staub bildete einen feinen Wirbel und drehte sich in der Luft, als freue er sich persönlich in der neuen Welt zu sein.

»Komm, bleib ruhig!«

Doch der Staub drehte sich immer schneller und schneller.

»Oweh, oweh, was mach ich nur? Ich muss ihn doch zu dem Jungen bringen und muss mich beeilen. Aber so wird das nix!«, dachte die kleine Motte verzweifelt. Schließlich erinnerte sie sich an eine Frau und einen kleinen Hund, die sie einmal auf einem ihrer Ausflüge beobachtet hatte. Er wusste noch, wie die Dame mit dem außer Kontrolle geratenen Vierbeiner geschimpft hatte. Das würde er ausprobieren: »Pfui, Fluffi, pfui aus!« Noch passierte nichts. Slotti flog vor den Staub-Wirbel. Böser Staub, ganz böse! Aus!«

Tatsächlich beruhigte sich der Wirbel etwas.

»Na, wird er wohl! Na, wird er wohl ein ganz braver Staub sein und mit mir fliegen!«

Das feine Pulver bildete wieder eine Wolke und wartete auf weitere Anweisungen.

»Na, fein! Ein ganz feiner Fluffi bist du! Na, Komm!« Es fehlte nur noch, dass die goldene Wolke mit dem Schwänzlein wedelte oder tat sie das am Ende schon? Slotti flog vorneweg.

»Weißt du, Fluffi! Es tut mir leid, dass du eingeatmet werden musst. Aber es ist ja zu einem guten Zweck. Weißt du, wir hätten so schön fliegen können. Du bist so ein feiner Staub. Bist du doch?«

Die Wolke wedelte und sie flogen weiter über bunte Wälder und Straßen. Sie überflogen Häuser und Plätze und irgendwann erkannte *die kleine Motte - denn im Erkennen war sie gut - die Ruinen von Sodom.*

»Komm Fluffi! Hier sind wir richtig.« Sie flog einen Bogen und stieß durch das Loch im goldenen Kuppeldach, gerade als ein Strahl der Morgensonne das Glas der Kuppel aufspießte, rutschte Slotti an ihm herab und landete knapp vor dem Bauwagen.

Fluffi, der Blüterich, tat ihm das gleich. Slotti wandte sich um und erkannte das schwarze Mädchen mit Essen und einen dieser Ekelkerle hinter ihr.

»Wir müssen uns verstecken!« Sie flogen aufs Dach des Bauwagens und warteten.

Slotti schickte einen seiner kleinen, glühenden Gedanken.

»Dschaymalla, weck den Wind!«

Dschaymalla hörte ihn, wie alle großen Mambos alles hören, auch die Bitten der kleinen Lebewesen, ebenso das Raunen der Toten und den Herzschlag der Welt. Nur sie selbst kann nicht jeder verstehen, denn es ist ein ganz genaues Zuhören und man muss bereit sein - bereit für die Antwort.

»Harre aus, er ist auf dem Weg!«, versprach die Weltenlenkerin und sie pustete in die Hände und ihr Atem wuchs zu einem Sturm. Der Sturm nahm allerlei mit sich, versprühte den roten Sand, formte eine

Riesenwelle und trieb die Boote vor sich her. Der Sturm zerzauste die Wolken und brachte einen Stern ins Trudeln. Er pfiff durch die Ritzen der Zeit. Als er in der richtigen Welt ankam, hatte er schon einiges seiner Kraft verloren. Da war er nur noch ein Wind. Der Böe war dennoch schnell. Sie fegte über Baumwipfel und Berggipfel und immer blieb an den Spitzen ein Teil des Windes hängen.

Als er in Sodom ankam, dort wo ein zwielichtiger Ganove gerade die kleine Trudi voran schubste, um einem totgeweihten Jungen seine Henkersmahlzeit zu servieren, da war der Sturm zu einem Lüftchen geworden. Aber er war weitgereist und er war hilfsbereit. Genau im richtigen Moment nahm er Fluffi den Blütenstaub vom Dach und als Bosco die Tür von dem vermalledeiten Bauwagen aufschloss, wehte er was es zu wehen galt. Er huschte ins Innere und Slotti flüsterte: »Tschüss Fluffi, nie bleibt jemand zum Fliegen!« Beinahe glaubte er eine Antwort zu vernehmen: »Ich werde wiederkommen!«

Die Dschaymalla lachte: »Kleiner Slotti, alle wollen deine Freunde sein. Irgendwann fliegst du nicht mehr alleine! Doch nun komm zurück in unsere Welt.«

»Ich will noch nicht. Ich will noch bleiben und schauen.«

»Ein andermal!«

»Nö! Bin zu müde! Muss schnuffeln!«

Die Kinder husteten im Bauwagen überall war dieses glitzernde Pulver. Bosco knallte die Tür von außen zu: »Was zum Teufel?«

»Ich bin die Weltenlenkerin und du bist eine kleine Motte.«

Slotti putzte seine Fühler sehr ausgiebig: »Ich bin klein, aber ich bin nicht gewöhnlich!«

Trudi sah nichts, fast fiel ihr das Tablett aus der Hand, überall war Wind und Staub und sie konnte nicht atmen, ohne dass er in ihre Nase drang.

»Ten! Ten!«

»Hm! Hm!« Ein Husten und sie hatte das Gefühl, der Junge hätte geschlafen. Immer noch verhinderte der Staub die Sicht, doch sie dachte ihn lokalisiert zu haben.

»Ten?« Da stolperte sie über ein Bein und hustete. Auch der Junge rang nach Atem. Das Tablett war auf den Boden geknallt und er fragte schließlich: »Wer bist du?«

Er tastete in ihrem Gesicht und es fühlte sich elektrisch an, so als ob zwei gegensätzliche Pole zusammenkämen und Funken schlügen.

Er tastete weiter und langsam legte sich der Wind und der Rest des Pulvers mit ihm.

»Du bist doch nicht das Mädchen vom letzten Mal. Du bist so...so...«

»So...schwarz?«, ergänzte Trudi.

Er schüttelte den Kopf und fasste ihre Zöpfe an: »Wuschelig!«, lachte er.

»Und du bist so…so…«

»Anders?«

»Hübsch!«, das hatte sie nicht sagen wollen. Verschämt sah sie nach unten. »Mist, verdammter!«

Er nahm sie unter dem Kinn: » Danke, ist nicht schlimm. Ich werde es niemandem mehr sagen können. Du weißt schon, dieses Nikolausritual. Das hat noch niemand…«

Nebenan kratzten die Hunde und Trudi lief es irgendwie kalt den Rücken hinab.

»Ich bin deine Freundin!« Sie nahm seine Hand.

»Ich weiß nicht, ob man noch Freunde braucht, wenn man… bald sterben wird.« Er hob die schmalen Schultern.

»Gerade dann!«

Bosco knallte an die Tür, die Köter jaulten. »Habt ihr es bald?«

»Ja, ja «, rief Ten heiser, »sie ist gestürzt und wir räumen gerade auf.«

Trudi klopfte sich den Rock ab: »Ich komme heute Abend wieder! Ich werde dich hier herausholen!«

»Heute Abend?«

»Bald!«

Slotti flog Richtung Kuppel: »Jetzt ist meine Aufgabe erfüllt!«, dachte er. »Ich bin keine ganz kleine Motte. Ich bin Slotti und ich bin ein wichtiger Helfer!«

»Kommst du?«, das war Dschaymalla.

»Bin auf dem Weg! Das hat vorderzüglich geklappt!«

»Das glaub ich dir! Komm schnell, du kleines, freches Flug-Ding!«

»Vermisst du mich? Gib s zu!« Slotti konnte in Gedanken mit Dschaymalla reden und sie waren schneller als der Sturm.

»Slotti, ich bin eine mächtige Mambo und älter als die Welt. Wie sollte ich so ein Flug-Ding vermissen, dass durch das Niesen des Waldgottes geboren wurde?«

»Durch was wurdest du denn geboren? Du hast ja auch keine Mambo Mama!«

Dunkle Wolken türmten sich vor dem Zeit-Tor. Donner grollte.

»Ja, ja schon gut. Hast du mich denn lieb? Und komm mir jetzt nicht mit dem Mambo-Quatsch!«

»Na gut, ich hab dich lieb und die Welt hat dich lieb. Komm schnell, kleines Flug-Ding!«

»Gleich da, Mambo Mama!«, Slotti kicherte und schlüpfte auf die andere Seite.

6 - Trudi - Versprechen

Auf dem ganzen Weg zurück hatte ich sein Bild vor Augen, ich hörte sein: »Danke, aber ich werde es nicht mehr erzählen können.«
Und ich hörte sein: »Hübsch!« und wie ich ihm versprach:
»Ich werde dich da rausholen!«

Was hatte ich da denn gesagt? War ich denn vollkommen verrückt geworden?
Ja, das war ich wohl, denn als ich den Dienstbotenaufgang hochging, da wurde mir mehrmals heiß und kalt. Ich wischte mir über die Stirn und mein Hals war so trocken, so wirklich trocken, wie Gras im August. Mir war so schwindelig. Ich hielt mich am Geländer.
»Du kannst es schaffen!«, sagte plötzlich eine Stimme in meinem Kopf, es war die ausgeglichene, wohlklingende.
»Hau ab!«, keuchte ich einem Impuls folgend. Ich hatte einen üblen Nachgeschmack seid ich das Pulver eingeatmet hatte - so eine Mischung zwischen Metall und Zitrone.
»Aber wir wollen dir nur helfen, du musst ihn retten, denn du bist die Einzige«, behauptete die Glöckchenstimme.

»Die Einzige was?«, motzte ich. »Die Einzige etwa, die sich um die Geschicke dieser verschissenen Welt schert? Die Einzige, die keinen blassen Schimmer hat, wie sie an diesen grauenvollen Ort kommt? Oder einfach nur die Einzige, die Stimmen hört?«

»Nein, da bist du nicht die Einzige. Aber ich denke, du bist dumm genug es zu versuchen und gehst dabei drauf!«, das war die dritte

Stimme, die sarkastische.

»Dich mag ich am liebsten! Du darfst in meinem Kopf bleiben. Alle anderen raus!«, ich lachte ein wenig. Mir ging es echt nicht gut, aber

ich musste durchhalten. Ich musste zu Flio.

»Koljov!«, schimpfte die Glöckchenstimme, »du sollst aufbauend zu ihr sein!«

»Ach, Eide, ich dachte, du sagtest, ich soll ehrlich zu ihr sein!«

Dieser Koljov, wer auch immer es war, kekkerte dumpf.

Als ich in der oberen Etage bei meiner Freundin ankam, schrubbte sie auf Knien den Boden, ein älteres Mädchen polierte Gläser am Tisch.

Edda hörte die Tür, reagierte aber kaum. Sie schwitzte wie irre und hatte ihre dunkelblonden Haare mit einem beigen Band

zurück gebunden. »Na, kommst du auch mal?«, fragte sie bissig ohne aufzusehen.

»Ist ja ganz toll, wenn du für diese Srill die Krankenschwester mimst, aber ich muss hier deine Arbeit mitmachen. Find ich scheiße! Gott sei Dank ist der Don weg und Natalia lässt sich im mittleren Stock Locken machen.«

Nun sah sie mich doch an und zuckte irgendwie zusammen. Sie stand auf und wischte sich über die Stirn. Ihre blauen Augen musterten mich und dann fasste sie mir ohne Vorwarnung ins Gesicht:

»Was ist mit dir passiert, Trudi?«

Mir war so schummerig, ich schlug ihre Hand weg, wie man nach einer Biene schlägt.

»Ich...ich Entschuldigung!« Alles drehte sich oder drehte ich mich?

Dann war es plötzlich finster.

Die Motte durchflog die Nacht. Das Glitzerpulver war bei ihr. Es umschwirrte sie, als ob jedes Körnchen lebendig wäre.

»Tschuldigung! Das mit dem Pulver war ein Unfall. Ich konnte nicht wissen, dass du da warst und Fluffi auch nicht. Gell Fluffi? Du hast ganz schön viel abgekriegt. Nun musst du nach Sleldel und fliegen lernen und du musst deinen Freund retten.«

»Ich muss alle retten! Sleldel!«, stammelte ich.

»Sleldel ist zum Fliegenlernen! Komm mit mir!«

Doch da wurde an mir gerüttelt, es war Edda, aber Flio war auch wieder da. Sie hatte mich - wie auch immer - in unser Autoversteck gebracht. Nur mühsam öffnete ich die Augen.

»Die Motte hat mit mir geredet!«, erklärte ich ihr.

Edda fühlte meine Stirn. »Also Trudi, ich weiß gar nicht! Hast du dir den Kopf gestoßen?«

»Nein, ich hab das Pulver eingeatmet und das glitzert und ist lebendig!«

Es entging mir nicht, dass sie die Augen gen Himmel, der in feurigen Farben strahlte, verdrehte. Die Sonne verschwand gerade hinter der alten Fabrik. Ich setzte mich abrupt auf, Flio hielt mir einen Becher und zwei gekochte Kartoffeln hin. Durstig trank ich und biss in eine Pellkartoffel.

»Es geht mir besser, Edda! Mach dir keine Sorgen!«

»Bist du dir sicher?« Ich nickte und Flio lehnte seinen Kopf an mich.

»Okay, dann geh ich jetzt mal. Bin echt erledigt!«

Mein kleiner Freund gähnte und als Edda in einem Eingang zum Innenhof verschwand, da öffnete ich die Tür des Autos. Im schwindenden Licht des Tages erkannte ich riesige Pfotenabdrücke im rötlichen Sand: »Was?«

Tiefe Kratzer zogen sich über die Fahrertür und die hintere, linke Seite. Ich strich mit dem Finger darüber. Als ich fühlte, wie tief sie waren, setzte mein Herz einen Schlag aus. Ich stellte meinen Fuß auf den Boden. Er war in alte abgewetzte Schnürstiefel gehüllt und ich hatte keine Socken an. Ich spürte, wie der Sand durch die Löcher drang.

Er war ein unbezwingbarer Feind. Doch manche Feinde konnte man besiegen - wenn man mutig war - oder auch wenn derjenige nicht damit rechnete, dass jemand sich wehren könnte.

»Wo gehst du hin, Trudi? Ich will nicht allein sein. Der Hutmacher war heute so komisch zu uns.«

»Wie komisch?«

»Nun, normalerweise gehen wir Jungs in die Stadt. Er sagt uns, welche Autos er braucht und wir bringen sie ihm.« Der Kleine kratzte sich unter seiner Mütze. »Aber heute Morgen mussten wir allesamt mit ihm nach unten und da war ein Typ in weißem Mantel und der hat uns gepiekst. Das hat sehr weh getan!«

Er zeigte auf seine Ellenbeuge.

»Das glaube ich. Wieso hat er das gemacht?«

»Der Hutmacher sagte, er wolle nur sicher sein, dass wir gesund sind, weil es gäbe viele Baktizyllen in der Luft und überall!«

»Natürlich!«

»Da ist Blut rausgekommen und dann habe ich ein Pflaster gekriegt.«

»Hör mal«, ich drückte ihn an mich, »ich muss noch einmal weg, aber ich bin sehr bald wieder da. Du legst dich hin und schläfst ein bisschen, verrammele alle Türen und leg die Decke über dich! Ich klopfe dreimal und nochmal dreimal! Dann machst du mir auf!«

Er nickte und legte sich, wie immer, in den Fußraum. »Mach zu!«

Flio richtete sich noch einmal auf und ich hörte es klicken.

Ich besuchte Srill, deren Fuß immer noch sehr dick war und dann ging ich in die Küche zu Axel. Der schüttelte den Kopf und sagte:

»Du bist spät dran, Trudi!«

»Tut mir leid! Jetzt bin ich ja da!« Er gab mir eine Schürze und verschwand zwischen den anderen Leuten und den Ofenzeilen.

Diesmal tauchte Boscos Freund, der riesige Rus, auf.

Er war braun gebrannt, steckte in Bikerstiefeln und fuhr sich ein paarmal durch seine langen strähnigen Haare.

»Wird auch Zeit«, sagte er zu Axel.

»Warum so nervös?«

»Ach, ich bin froh, wenn diese Scheiße rum ist! Diese Ritualkacke und Hunde an sich machen mich ganz kirre.«

»Ist ja übermorgen rum!«

»Hm! Und das soll Glück bringen? Wer es glaubt!«

Er warf seine Kippe auf den Boden und trat sie mit dem Absatz aus.

»Ja, wer es glaubt!«, antwortete Axel.

Ich trottete dem Typ Richtung Kuppelhof hinterher.

Ich freute mich auf Ten, auch wenn ich das nicht zugeben wollte.

Rus war wirklich angepisst, er sah aus, als habe er kürzlich eine Zitrone verspeist. Im Hof angekommen, öffnete er die Tür des Wagens mit einem großen, goldenen Schlüssel, der mit anderen Schlüsseln an einer Kette, die mit seiner Gürtelschlaufe verbunden war, hing.

Er schob mich grob ins Dämmerlicht des Bauwagens, wo ich Ten auf dem Boden liegen sah. Außerdem bemerkte ich auch noch Überbleibsel des Glitzerstaubs, die aufgeregt in der Luft tanzten.

Ich stellte das Tablett hin und stürzte auf den Gefangenen zu. Ten war zwar bei Bewusstsein, wenn man das so nennen konnte, es ging ihm allerdings scheinbar gar nicht gut. Ich rüttelte ihn etwas. Er sah mich aus verhangenen, dunklen Pupillen an: »Trudi!«, hauchte er.

»Was ist mit dir?«, fragte ich, ohne auf eine Antwort zu hoffen.

Er gab mir auch keine und atmete hörbar aus.

»Du musst nur etwas essen und ausruhen, dann wird das schon!«

Ich setzte mich in den Schneidersitz und hob seinen Kopf auf mein Knie. Dann öffnete ich die Wasserflasche und tröpfelte Wasser auf seine spröden Lippen. Er trank. Ich zerriss das Brot in winzige Stücke und steckte sie ihm in den Mund.

»Wozu?«

»Damit du wieder gesund wirst!«

»Wie willst du mich rausholen?«

»Ich weiß es noch nicht«, meinte ich ehrlich.

»Vielleicht klaue ich diesem Riesenbaby da draußen den Schlüssel, dann komm ich vorbei und wir hauen mit Flio ab.«

»Guter Plan!«, sein Blick war nun schon etwas klarer. Er grinste sogar ein wenig. »Wieso tust du das für jemanden, den du gar nicht richtig kennst?« Ich hob die Schultern: »Wir kennen niemanden wirklich!«, gab ich zur Antwort. Ich strich ihm die Haare aus der Stirn. Das Brot war alle. Rus hämmerte an die Tür: »Was treibst du so lange?«

»Er ist krank, ich helfe ihm.«

»Das ist mir doch scheißegal, ob der krank ist, übermorgen ist die Krankheit beendet. So oder so!«

»Nun gut, dann erkläre du dem Hutmacher, dass die Show ausfällt!«

»Verdammt! Ich rauche noch eine, dann bist du da!«

Die Hunde jaulten und wimmerten. Plötzlich hörte ich Knurren und Kläffen, einer fiepte herzerweichend. Ich hoffte inständig, dass die sich da drüben nicht schon gegenseitig auffraßen.

»Dir geht es wegen dem Pulver schlecht. Es hat etwas damit auf sich.«

»Was?«, Ten richtete sich auf und wischte sich über den Mund.

»Ich weiß es noch nicht. Aber irgendetwas ist seltsam mit diesem Staub und ich glaube die Motte weiß es.«

»Die Motte also?«, er schlug sich an die Stirn.

»Du wirst mich für verrückt halten«, ich richtete mich auf, »sie hat mit mir geredet.« Ich wartete auf seine Reaktion.

Er griff meine Hand und ich wollte mich erst losmachen, verwarf aber den Gedanken, als sich unsere Augen trafen.

»Ich danke dir, Trudi! Allen bin ich egal, nur dir nicht. Du bist sehr mutig. Falls es für mich eine Zukunft gäbe, würde ich sie mit einem Mädchen wie dir verbringen wollen.«

Ich spürte Enge in meinem Hals und Hitze in meinen Wangen.

»Das ist das Pulver, das hat dich verwirrt!«

»Es ist nicht das Pulver, du bist es. Und du sollst wissen, dass selbst, wenn es nicht klappt, dass du mich befreist, ich dir dennoch dankbar bin.«

Rus riss die Tür auf, ich löste meine Finger und kam seinem Ohr noch einmal nah: »Ich werde es aber schaffen!«

7-Ten - Gabe

Ich hatte etwas geschlafen und wachte auf, als der Mond in die Kuppelhalle schien. Ich spähte durch ein Astloch, das es mir erlaubte genau in Richtung Ausschank an der Ecke zu schauen. Die blecherne Glocke an der Tür schepperte und ein Typ mit O-Beinen torkelte in den Hof. Er fiel über seine Füße und legte sich flach.

Wenn ich nicht so unendlich traurig und noch unendlicher müde gewesen wäre, hätte ich gelacht. Ich gähnte und fragte mich, ob ich meine knapp bemessene Lebenszeit mit Schlafen verschwenden sollte. Wahrscheinlich war es besser einen Plan zu machen, um damit dem Ende zu entgehen. Leider wollte mir beim besten Willen nichts einfallen. Ich schlug mir an den Kopf - immer noch nichts! Aber wem sollte in dieser Lage schon eine Lösung kommen? Mir jedenfalls nicht. Ich war Ten, ich hatte keinen Namen und kein richtiges Alter, niemand beachtete mich.

Ab und zu, wenn ich im Traum tief in mein Unterbewusstsein vordrang, dann sah ich verwaschene Menschen. Sie sprachen freundlich zu mir, so als ob sie mich liebten, so als hätte ich ein Vorleben gehabt. Aber da war ein Vorhang und durch ihn konnte ich nicht hindurch, Ich griff nach ihnen, doch die Erinnerung war zu flüchtig. Ich sah sie wie durch blaues Wasser: »Tris!«, rief mich eine Frau. »Fahr nicht allein durch den Wald! Versprich es!«

»Ja, Mama!«

»Wiedersehen!«, trällerte eine Kinderstimme. »Ja, Wiedersehen, Max!«

Ich wollte sie berühren doch ihre Gesichter verschwammen in unruhigen Wellen.

Dann hörte ich Stimmen, aber es waren nicht die drei, die ich beim Fliegen in Sleldel gehört hatte. Diese hier waren seltsam gehetzt und angsteinflößend unmenschlich.

»Werden verhungern, wenn wir nicht hier rauskommen. Ich kann nicht mehr!«

»Lasst raus, wir waren immer gut...gute Jungs!«

»Haltet Maul, sterbe gerade.«

»Warum sie so?«

Ich schreckte auf und versuchte mich im Dunkeln zu sortieren.

Was für ein seltsamer Traum! Die Hunde scharrten und jaulten. Sie veranstalteten ein richtiges Konzert. Konnte es sein? Nein, ich verwarf den Gedanken, doch er kam umso drängender zurück.

»Konnte es sein, dass ich die Stimmen der Hunde hörte oder vielmehr ihre Gedanken?«

Ich konzentrierte mich auf das Schaben und ihr Fiepen und Knurren. Eine kläffende Stimme, die höher war, kristallisierte sich heraus:

»Musst Lösung finden, Ferro, für Rudel. Rudel muss leben!«

»Zu hungrig, Taita! Kann nicht denken.«

Mit einem Mal war da ein warmes Kribbeln in meinem Kopf und die Erkenntnis durchzuckte mich, dass meine Vermutung wahr wäre.

Was sollte ich tun? Wenn ich sie hören konnte, konnten sie mich wohl auch verstehen und genau das würde ich ausprobieren.

Ich hielt ein Wort im Kopf fest und schickte es los: »Hallo!«

»Wer...rrr bist du?«

»Bin der Junge von nebenan, bin auch gefangen!«

»Ist der Fleischsack!«, fiepte die, die der andere Hund Taita genannt hatte.

»Kommst nicht raus?«

»Leider nicht!«

»Kannst nicht helfen?«

»Nein, ich hab Angst. Bin allein!«

»Ist allein! Hat Angst!«

»Fressen ihn, dann Angst weg! Und Hunger weg! So bellt Aggi!«

Da mischte sich eine junge Stimme ein: »Mag ihn schnuffeln, kann Freund sein. Freund nicht mehr allein!«

»Du dumm, wie geht dann Hunger weg? Welpe ruhig, wenn Rüden bellen!«

»Will ihn schnuffeln, Mensch kein Essen. Mensch Freund!«

»Ferro will hören, was Mensch bellt! Fleischsack schlau, bringt uns raus.« Das war wohl der Anführer.

»Hört mich! Ich bin Ten!«

»Ten, wir hören dich!«

»Der Hutmacher da draußen ist grausam. Er lässt euch hungern und will mich gegen euch antreten lassen. Er will, dass ihr mich auffresst und alle anderen erhalten Glück durch mein Blut und eure Zähne.«

»Was ist grausam?«, wollte Taita wissen.

»Das ist ein Menschending!«, bellte Ferro, »Was will Ten?«, fuhr er fort.

»Ich schlage vor, wir machen einen Deal.«

»Ist Deal zum Essen?«, wollte Aggi wissen.

»Nein!«, knurrte der Anführer.

»Wenn s nicht Essen, will nicht.«

»Ich will ihn schnuffeln. Ich, Srom!«

»Ich, Aggi hab Hungar...rrr und ich fresse dich nicht, aber ich probiere dich mal.«

»Ich, Ten, bitte euch: Tötet mich nicht und ich zeige euch einen Ort mit schmackhaftem Essen. Wenn ihr jemand fressen wollt, dann den bösen Hutmacher!«

»Ich, Ferro, denke!«

»Er Schnuffel-Bruder sein soll! Ich, Srom, bitte!«

»Die Lösung ist so: Niemand gefressen wird. Wenn, dann böser Hut. Du, Ten, zeigst Ort mit gutem Futter, dann du Schnuffel-Bruder für Klein-Srom!«

»Ferro, wir folgen!«, stimmten Taita und Srom ein.

»Hungar...rrr!«, jaulte Aggi.

Quintum

Dschaymalla ruhte, sie erwartete Slotti. Den Bruchteil einer Sekunde spürte die Weltenlenkerin ihr Herz. Sie erschrak, denn eigentlich sollte sie gar keines haben. Denn sie war die Gerechtigkeit an sich und sollte die Waagschale gerade halten. Ein Herz und eigene Gefühle konnten dabei hinderlich sein und den Blick auf das große Ganze trüben.

Dennoch spürte sie etwas: Ein kleines Kribbeln, nur ganz zart und flüchtig, doch weil sie alles wusste, wusste sie auch, was es war. Es war Freude. Und weil sie die Dschaymalla war und seit Anbeginn der Zeit unter dem Weltenbaum saß, war ihr auch klar, mit wem das zu tun hatte.

Es hatte mit Slotti zu tun. Sie freute sich, dass er heimkehren würde. Sie spürte, dass er auf dem Weg war.

Noch hatte sie die Augen, auf deren Lider mit der Asche Thebens Augen gemalt waren, um besser sehen zu können, geschlossen. Doch in ihren Augenwinkeln zuckte es und ihr Mund zitterte.

Etwas hatte sich verändert.

Dschaymalla untersuchte die Innenwelt, sie prüfte mit sicherem Blick die goldenen Fäden und glitzernden Knoten, die wir Menschen Schicksal nennen. Sie machte sich ganz klein und drang tief ins Innere des Schicksal-Geflechts. Etwas kitzelte sie an der Nase: »Ha!«, machte sie unvermittelt. Dann: »Ha...ha...«

»Hier ist etwas Unerlaubtes! Was ist das nur? Ha...ha...hatschi!«

Dschaymalla musste gewaltig niesen. Der Weltenbaum wackelte, die Flughörnchen, die Schlange, die Wasserwesen und hilfreichen Geister hielten sich die Ohren zu und in der Borke des Baumes entstand ein kleiner Riss. Die Tauglöckchen klingelten Sturm: Alarm! Alarm!

Dschaymalla erkannte einen kleinen Schicksalsspross, der sich ihr frech und golden entgegenreckte. »Hey du?«

Der kleine Eindringling ringelte sich munter, erkannte sie und tat etwas ganz und gar Ungeheuerliches: Er zischte sie an.

»Was zum Tartos?«

Der Spross versteckte sich im Gewirr der Schicksalsfäden.

Da erreichte Dschaymalla ein Hilferuf: »Hilfe, Mambo Mama!«

»Slotti!«

8-Trudi - Verzweiflung

Auf dem Weg zum Autoversteck hatte ich einen heftigen Hustenreiz und musste mich einmal an einer porösen, rissigen Mauer abstützen. Ich hustete mir die Seele aus dem Leib und machte unterbewusst den Glitzerstaub dafür verantwortlich.

Entkräftet beugte ich mich nach vorne.

Da sah ich im linken Augenwinkel, wie sich der Hutmacher und sein schmieriger Lakai Bosco aus dem Schatten der Überdachung schälte.

»Ey, Boss! Hast du ne Göre mit AB? Natalia läuft im oberen Stock Amok!«

»Ja, doch!«, zischte der Hutmacher und richtete eine Brille. »Hab nen kleinen Bengel und heute um Mitternacht verkürzt der Doc sein Leiden und puff haben wir jede Menge Kohle.«

»Wie, verkürzt sein Leiden?«, Bosco kratzte sich seine schütteren Haare. »An was leidet er denn?«

»An Armut! Du, Dummbatz! Er hat kein Zuhause, niemand, der ihn unterstützt und keinen Platz in der Welt. Und deshalb wird ein sehr, sehr reiches Mädchen heute Nacht sein Herz erhalten und ich das Geld. Also...du und ich.«

»Kriegt das Geld nicht Natalia und der Don, Boss?«

»Diesmal nicht, weil ich das Herz höchstpersönlich abliefere.«

Bosco steckte sich eine Zigarre an und paffte. Ich hielt mir so fest die Hand vor den Mund, dass kein Lüftchen mehr hindurchging, nur um mich nicht mit meinem Husten zu verraten.

»Es ist mir vollkommen egal, ob diese gewiefte Schickse [6] sauer ist. Sie ist eingebildet und arrogant. Ihre Position hat sie nicht verdient. Sobald ich das Geld habe, steige ich in den Flieger, auf den Drahtesel oder in ein Auto und löse mich in Luft auf. Und wenn du schlau bist, tust du es mir nach.«

»Ich tue es dir nach? Was muss ich da machen?«

»Ich erkläre es dir noch, mein Großer und ich male dir ein paar Bildchen.«

»Malen kannst du auch?«, Bosco kratzte sich noch einmal.

»Hab ich gar nicht gewusst.«

Der Hutmacher sah bittend zur Kuppelhalle. Dann schlug er Bosco auf den Hinterkopf, dass der beinahe in die Zigarre biss.

»Komm mit! Ich hab kein Bock mehr auf die Scheiße und muss mit dem Doc sprechen.«

---

[6] Bezeichnung für eine moralisch nicht einwandfreie Frau aus dem Jüdischen

Nun stand ich unschlüssig an der Mauer und wusste nicht, was ich tun sollte. Der Husten hatte sich gelegt und etwas zog mich hinter ihnen her. Sie waren im Durchgang zum nördlichen Trakt verschwunden. Plötzlich klingelte die Glöckchen-Stimme in meinem Kopf:

»Trudi, vertrau mir! Du hast es in dir! Geh ihnen nach!«

»Aber ich hab Angst und ich muss zu Flio!«, beides war nicht gelogen. Ich nestelte an meinem Kragen und spürte, wie mein Puls raste.

»Überwinde deine Angst, es ist deine Bestimmung die Kinder zu retten!«, das war die wohlklingende Männerstimme.

»Geh nur, geh!«

Ich machte einige Schritte, blieb aber im Schatten der Mauern.

»Also, ich würde es nicht machen! Man sieht ja, was dabei heraus kommt«, warnte die eine blecherne Stimme in meinem Kopf.

»Koljov!«, schimpfte das helle Glöckchen.

Ich entschied mich ihnen zu folgen. Der Hutmacher war schnell vorangeschritten und stand nun vor dem Aufzug ins Kellergeschoss. Große Teile, der alten Fabrik waren vergammelt und vermittelten, neugierigen Beobachtern den Eindruck einer vergessenen Bauruine. Dies aber waren die Außenbezirke, in denen viele der Kinder hausten. Im Kernstück allerdings versteckte sich teilweise etwas Luxus, den sich der Don und Natalia gerne gönnten. Selbstverständlich war dieser Bereich für die Kleinen tabu. Als ich ums Eck bog, sah ich den Hutmacher und Bosco in der gläsernen Aufzugtür verschwinden. Bosco sah sich ein paarmal um, als spüre er die Verfolgung, aber ich konnte mich immer rechtzeitig zurückziehen. Ich sah den Aufzug nach unten fahren, aber nun war guter Rat teuer, denn ich getraute mich nicht mit dem Aufzug zu fahren, weil ich nicht wusste, wie man ihn bediente. Edda hatte mal behauptet, dass der Fahrstuhl nur mit einem Code losfuhr.

Ich beäugte kurz das dicke, dunkle Glas, hinter dem er verschwunden war. Tatsächlich war da eine Tastatur, ähnlich denen an öffentlichen Münzfernsprechern. Was nun?

Links neben mir befand sich eine Tür. Ich versuchte sie zu öffnen und mit etwas Gewalt gelang es mir sogar.

Ich trat in ein dunkles Treppenhaus, in dem am unteren Wandsockel eine kleine Notbeleuchtung brannte. Mein Herz pumpte. Ich spürte jeden verfluchten Schlag im Hals. Was würde der Don mit mir anstellen, wenn ich in sein Allerheiligstes eindrang? Was Natalia?

»Geh! Beeil dich!«, verlangte die Männerstimme. Sie war in mir.

»Geh!« Ich fühlte mich eingefroren. Meine Angst lähmte mich. Mit unendlicher Anstrengung bewegte ich mich und berührte das

Geländer. Gerade als ich einen Fuß auf die Treppe setzte, explodierte das Licht und mein Herz blieb stehen.

Ein Lachen hallte mir durch den Schädel: »Sie ist köstlich!«

Ich rannte die Stufen herab, als ob es kein Morgen gäbe und stand wieder vor einer Glastür. Links von ihr die gleiche Tastatur wie oben und dahinter spürte ich Bewegung. Schritte! Doch ich konnte nichts sehen, da das Glas geschwärzt war. Ich legte meine linke Hand auf die Türe. Die Vibration wurde schwächer. Die Schritte entfernten sich.

Ich verharrte, da erlosch das Licht.

Auf einmal war alles dunkel. Ich atmete aus. Das Glas beschlug. Ich hörte Stimmen vom Gang her. Stärker werdende Vibration. Jemand kam oder jemand kam zurück. Ich hielt die Luft an. Vor der Tür stand jemand. Ich konnte ihn nicht sehen, aber ich spürte ihn. Und ich spürte, dass er böse war.

»Vorsicht!«, flüsterte die Glöckchenstimme.

»Ich weiß!«

Ich bewegte mich nicht, vielleicht würde ich mich nie wieder bewegen. Ich dachte an Flio und was aus ihm würde, wenn ich nicht mehr auftauchte. Das trieb mir die Tränen in die Augen.

Ich würde beten: »Lieber Gott, ich, Trudi, bitte dich«, ich hätte mein

Geburtsdatum hinzugefügt, wenn ich es gekannt hätte, »hilf mir, dass der Hutmacher verschwindet und beschütze Flio!« Ich konzentrierte mich sehr fest und stellte mir vor, dass ich gar nicht hier sei. »Ach und Gott, wenn du schon dabei bist! Rette Ten! Ich, Trudi, bitte dich!«

Mit einem Mal erklang ein Piepsen. Jemand drückte die Tastatur: »Piep!«, einmal. »Piep!«, zweimal.

Ich wollte abhauen, wie schnell konnte so ein alter Hutmacher oder so ein dicker Bosco schon sein? Ich kam zu dem Schluss: Eventuell schneller, als ich in dem langen Rock. Verdammt! »Piep!«, dreimal.

»Ich bin nicht da!«, sagte ich mir fest. »Bin gar nicht da!«

»Piep!«, viermal. Jemand fluchte auf der anderen Seite und dann schlug eine Hand an das Glas. Beinahe wäre ich umgefallen.

Mein Puls galoppierte wie ein flüchtendes Pferd.

Aber ich bewegte mich nicht. Gesprächsfetzen drangen zu mir.

»Kann...nicht...verstehen, Code...falsch!«

»Chef, nicht...wichtig! Gehen zurück, fragen Arzt...«

Die Hand wurde weggezogen, Schritte entfernten sich. Ich entspannte mich etwas.

»Vier, vier, neun, sechs!«, sagte die Männerstimme in meinem Kopf.

»Echt jetzt?«

»Vertrau mir!«

Mit zittrigen Fingern tippte ich jede Zahl: »Piep, piep, piep...piep!«

Das System öffnete, das Licht sprang an und ich trat in einen hell erleuchteten Gang, so dass ich blinzeln musste.

Gott sei Dank war niemand da. Hier wirkte es wie in einer Klinik. Strenger Desinfektionsmittelgestank bahnte sich seinen Weg zu meiner Nase. Ich ging ein paar Schritte und mir war sofort klar, dass ich auffallen würde. Ich musste mich tarnen. Verzweifelt sah ich mich um und entdeckte rechts eine blaue Tür, darauf das Bild eines Besens.

Ich zog daran und war drin. Drinnen war es dunkel, aber ich fand einen Schalter. Hier waren zwei massive Putzwägen, sogar mit Vorhängen, hinter denen, wie ich feststellte, ein Mülleimer und zahlreiche Reinigungsmittel zu finden war. Dieses Zeug ließ ich zurück. An der Wand lehnte ein riesiger Mopp neben einem aufgehängten, hellblauen Kittel. Den streifte ich mir über.

Ich schob den Wagen, nahm den Mopp in die Hand und band mir einen Schal, der verstaubt auf einem Metallspint ruhte, um die Zöpfe.

»Perfekt!«

Nun öffnete ich die Tür und schob den Wagen auf den Gang, wobei ich das Kinn tief hielt, denn ich vermutete Kameras.

Der Desinfektionsgestank wurde immer extremer. Da hörte ich eine Tür quietschen. Ich konnte die Anspannung in mir schon kaum noch aushalten und suchte verzweifelt nach einem Versteck. Die Tür rechts kam mir gerade recht. Den Wagen nahm ich sicherheitshalber mit hinein. Und ich konnte die Tür gerade noch zuziehen, als ich schon Leute vorbeigehen hörte. Ich atmete gerade auf, als sie vor der Tür stehen blieben. Diesmal hörte ich sie deutlich.

»Verstehe ich Sie richtig, Vincenzo? Sie wollen das Herz des Jungen persönlich abliefern und sich nicht auf unsere bewährten Wege verlassen.«

Wer zum Teufel war Vincenzo und wessen Herz?

»Das ist der Hutmacher!«, erklärte die Stimme in meinem Kopf.

»Und wer bist du?«, flüsterte ich.

»Du musst es nicht aussprechen, ich lese deine Gedanken, Trudi!
Ich habe ein Interesse daran, dass dem Hutmacher und
seinen Spießgesellen das Handwerk gelegt wird.
Deshalb helfe ich dir. Man nennt mich Lot.«

»Aber du bist nicht real und nicht allein?«

»Was bedeutet schon real? Ich bin im Moment, sagen wir einmal so, körperlos. Bei mir ist Eide, das Mädchen und der Depp, der an allem nörgelt, ist Koljov.«

Jemand griff die Klinke und ich erschauerte. Eigentlich konnte ich es nicht wissen, aber ich spürte es einfach. Ich ließ mich von der Tür in die Ecke drängen.

Das Licht erstrahlte und legte sich über den Desinfektionsgestank.

»Da ist er!«, meinte ein Unbekannter. Die Männer gingen an der offenen Tür vorbei in den Raum.

»B...b...boss, so viele schlafende Kinder!«, wunderte sich Bosco.

»Pass auf, dass du sie nicht weckst!«, mahnte der Hutmacher.

»Keine Sorge, ich habe sie in einen künstlichen Schlaf versetzt. Sie müssten schon eine Spritze bekommen, um zu erwachen. Und wieso sollte ich so dumm sein?«

»W...w...weiß ich nicht?«, gab Bosco zu. Es entstand Stille, in der ich möglichst nicht atmete.

»Entschuldige, mein exklusiver Freund, mein Kollege hier ist leider nicht die hellste Kerze auf der Torte.«

Der Unbekannte lachte: »Ich verstehe schon! Aber nun zum Geschäft. Was ist für mich drin? Ich meine, ich habe jede Menge Arbeit und Kosten.«

»Ja, ich weiß! Dann gebe ich dir mal einen kleinen Vorschuss.«

Papier raschelte. Ich hielt die Hand vor den Mund.

»Wann soll das Ding steigen?«

»Heute Nacht noch! Ich ziehe das Nikolausritual, um meine Spuren zu verwischen, etwas vor. Jetzt ist es elf Uhr, sagen wir heute Nacht um drei?«

»Das passt!«

Die drei Männer gingen vorbei, das Licht erlosch und die Tür wurde geschlossen. Niemand hatte meine Anwesenheit bemerkt.

Ich rutschte an der Tür hinab bis ich auf meinem Hosenboden saß.

Auf einmal brach Helligkeit über mich herein. Und ich sah das Unfassbare. Bett an Bett reihte sich vor mir links und rechts, der Raum war riesig. Die Kinder schliefen einen ewigen Schlaf und sie träumten sich ihrem eigenen Tod entgegen. Maschinen standen neben den Betten und piepsten sehr leise und regelmäßig. Lichtbalken sprangen hoch und runter.

»Warst du das Lot?«, ich meinte das Licht.

»Ja, ich bin derjenige, der Licht ins Dunkel bringt und Erkennen, dorthin, wo Vergessen war. Das ist mein Geschäft - ein trauriges mitunter.«

Bedauern lag in seinem Tonfall.

»Das kann doch nicht...« Ich war aufgestanden und schritt durch die Bettreihen. Zwei Mädchen schlummerten zu meiner Linken, das eine etwa acht, das andere vielleicht zwölf, beide blond.

Ein Junge mit halblangem braunen Haar und ebenen Zügen, atmete ruhig.

Und dann sah ich ihn. Mein Blick fiel rechts auf ein Krankenbett mit Vorhang. Auf dem Monitor seine Lebenslinie. Es war Flio.

Ich stürzte zu ihm und rüttelte ihn an seiner schmalen Schulter. Keine Reaktion! Tränen brachen aus mir heraus. Ich hatte doch versprochen, dass ich ihn beschütze und nun. Tränen tropften auf sein Gesicht. Unter seinen Lidern zuckte es.

Was sollte ich nur tun?

Ich legte meinen Kopf auf seine Brust und atmete seinen Geruch ein. Mein Kopf wusste, dass wir nicht einmal die Hautfarbe teilten, aber mein Herz fühlte, dass er mein kleiner Bruder war.

»Trudi, nicht aufgeben!«, das war Eide. »Sieh da hinten in den weißen Medikamentenschrank, da sind vorgefertigte Spritzen, sie sind grün... Du musst ihm eine geben. Die sind zum Aufwachen.«

Ich rannte zum Schrank, riss die Türen gleichzeitig auf, dass die Gläser mit Pillen schepperten. Da fiel mein Blick sofort auf ein Tablett mit Spritzen.

»Nimm eine!« Ich tat, wie mir geheißen und sprintete auf Flios Bett zu.

»Was nun?«, fragte ich die Stimme in meinem Kopf.

»Siehst du, die Nadel, die in seiner Armbeuge steckt? Du musst sie

rausziehen!«

Verdutzt begutachtete ich den Arm meines kleinen Freundes. Da war tatsächlich ein Schlauch mit ihm verbunden, der führte zu einer Flasche, die kopfüber an einem Ständer hing und ständig tropfte.

»Was ist das?«

»Das ist ein Medikament, man nennt es Infusion. Es tut ihm nicht gut. Zieh es raus!« Ich hatte so etwas noch nie gesehen. Vorsichtig zog ich an dem Schlauch bis eine Nadel aus Flios Haut flutschte und etwas Blut nach außen drang.

»Das ist nicht schlimm! Nimm die Kappe von der Spritze und stich die Nadel genau in das Loch, aus dem du die andere herausgezogen hast.«

Die Nadelspitze starrte mich feindselig an und das überhelle Licht flimmerte. Meine Hand mit der Spritze zitterte plötzlich sehr. Ich versuchte sie mit der Linken festzuhalten. »Ich hab so Angst!«

Mir kamen wieder die Tränen. Ein rotes Rinnsal ergoss sich über Flios Unterarm.

»Ich weiß! Du willst ihn aber doch retten? Oder?«

»Hm!«

»Dann musst du jetzt stark sein!«

»Trudi, du musst stark sein! Für Flio!«, spornte ich mich selbst an. Ich wischte mir die Tränen weg und tupfte mit meinem Ärmel an der blutenden Stelle herum und als das Licht noch einmal zuckte fixierte ich die Einstichstelle und führte die Nadel ein.

»Gut so!«, kommentierte Eide.

Vorsichtig drückte ich die Flüssigkeit in ihn hinein. Anschließend ließ ich die Spritze einfach fallen.

»Und jetzt! Warum machen die das?«

»Jetzt müsst ihr schnellstmöglich hier weg, denn sie wollen sein Herz!«

»Aber er wacht nicht auf!« Ich tätschelte seine Wange, seine Augen blieben zu.

Die dritte und missmutige Stimme befahl: »Nun lass dir doch gefälligst etwas einfallen, Mädchen! Sonst sehe ich schwarz!«

»Lass dir etwas einfallen!«, wiederholte ich grübelnd. Ich sah mich um und mein Blick fiel auf den Putzwagen.

»Ich hab eine Idee!« Wie der Wind fuhr ich den Putzwagen bei und griff dann Flio unter die Arme. Ich zog, schob und quetschte den schlafenden Kleinen in den Stauraum, wo vorher das Putzmittel und der Mülleimer gestanden hatten. Ich winkelte seine Beine an und verschränkte seine Arme über der Brust. Nun gab ich Gas, ließ den

Raum hinter mir, als ich die Türe schloss, fiel mein Blick auf die schlafenden Kinder. Es waren mindestens zwanzig und ihnen allen blühte ein blutiges Schicksal. »Ich komme wieder!«

Ich schob den Wagen über den Gang. Das Oberlicht flackerte und spiegelte sich in dem blankpolierten Boden. Mein Weg führte mich zum Aufzug, denn mir war klar, dass ich es mit Flio nicht die Treppe hoch schaffen könnte. Wie war der Code nochmal? Ich streckte die Finger Richtung Tastatur. Sie zitterten wie Schmetterlingsflügel.

»Also vier, vier ...«, weiter wusste ich nicht mehr.

Suchend umkreiste mein Finger das Zahlenfeld: *»Sechs, neun...«,* hörte ich in mir.

»Trudi, pass auf!« Eides Glöckchenstimme kam zu spät.

Schon fasste mich jemand grob an der Schulter an.

»Was ist das hier für eine Scheiße?«

Ich merkte, wie mir das Blut ins Gesicht schoss. Vor mir stand ein Riesenkerl in weißem Kittel mit dunklem Vollbart: »Buona serata!«, ich wusste, dass das `Guten Abend!´ bedeutete, aber ich wusste nicht woher. Der Typ zog an meinem Ärmel. Doch ich hielt stur das Kinn nach unten. »Solo lentamente!«, behäbig begann ich den Wagen zu schieben. »Weißt du, wie es auf dem Klo aussieht?«

»Si, si!«, ich nickte.

»Das glaub ich aber eher nicht. Da sieht es nämlich aus wie ne Sau!«

Nun sah ich ihn doch an. Beinahe musste ich kichern.

»Da kannste ruhig gucken! Und das machst du jetzt weg!«

»Denkste!«, dachte ich.

»Das hier ist eine Krankenstation, verstehst du? Capito? Die muss sauber sein. Du machen, wisch, wisch!«

Ich wollte schon sagen: »Das ist eine Station, auf der ihr Kinder umbringt und ihre Organe verhökert!« Doch das wäre wohl nicht so gesund gewesen. Stattdessen fasste der Riese nun den Putzwagen an und schob ihn so schnell vor mir her, dass ich kaum folgen konnte. Und zu allem Überfluss sah ich wie Flios Arm, an dem das rote Rinnsal floss links aus dem Putzwagen gefallen war. Ich begann zu schwitzen.

Gott sei Dank bemerkte mein Begleiter die schleifende Hand nicht, denn er hatte nicht nur einen erhöhten Blickwinkel, sondern auch kein Interesse an so niederen Angelegenheiten. Sein Fokus lag sozusagen auf dem Lokus.

Endlich angekommen, atmete ich tief und betrachtete die Hand.

Bildete ich mir das ein oder hatte mein kleiner, schlafender Freund einen Finger bewegt?

Nochmals sendete ich ein stummes Stoßgebet: »Lieber Gott, du hast mir schon geholfen und dafür danke ich dir! Und ich weiß«, ich zog die Nase hoch, »dass du mit Sicherheit Besseres zu tun hast, als ein Mädchen und ihren In-Etwa-Bruder, die zudem weder Vergangenheit, noch Zukunft haben, zu retten. Dennoch, ich, Trudi, möchte ja dass er wach wird, aber doch bitte, bitte nicht jetzt!«

»Was ist denn mit dir, Mädchen?« Der Mann stand so nah vor mir, dass ich den Kopf in den Nacken legen musste, um ihm ins Gesicht zu sehen.

»Tust du mich verstehen?«, brüllte er.

»Si!«

»Nimm doch mal einen Lappen. Hier stinki, stinki!«

»Capito! Si!«

Als er die Tür aufmachte, verstand ich sein Problem sofort. Hier stank es echt zum Gotterbarmen. Zu meinem Entsetzen, griff er in Richtung Wageninneres. »Du nehmen Putzmittel! Viel! Viel!«

Da schlug ich beherzt nach ihm: »No! Prima riordinare!« Er stand, Gott sei Dank, auf der Seite, auf der keine Hand heraus hing. Ich kniete mich nun auf den Boden und begann Papier vom Boden zu sammeln, das ich scheinbar in den Mülleimer im Wagen stopfte.

In Wirklichkeit legte ich es auf den armen Flio und schob mit dem Papier behutsam seine Hand zurück.

Der Mann beäugte mich kritisch. Da gab Flio ein erstes Stöhnen von sich.

»Was war denn das?«, fragte der weiße Riese sofort. Und ich begann zu husten, als ob es kein Morgen gäbe.

»Ja, stinkt schlimm! Ich muss jetzt auch gehen...«, meinte die Nervensäge. Noch ein Stöhnen. Ich sprang zum nächsten Klo und zog die Spülung gleich zweimal. Bei dem Getöse schrubbte ich noch wie verrückt mit der Klobürste.

»Ciao Bello! Tu...anche io!«

»Ich komme aber wieder! Du seltsame, kleine Italienerin!«

Da ging ich stark davon aus.

»Geh mit Gott, du Arschloch!«, dachte ich und konnte endlich aufhören zu spülen, zu husten und zu schrubben. Schnell wischte ich mir den Schweiß von der Stirn.

Da ertönte ein Schrei.

9-Ten - Heulkonzert

Eine Sache war klar wie Kloßbrühe: Ich musste ganz schön etwas abgekriegt haben.

Ich konnte scheinbar plötzlich mit halbverhungerten Tölen reden und das nicht mal mit Worten, sondern in Gedanken. Nicht nur das, ich lernte von einer Motte, namens Slotti, das Fliegen und hätte beinahe das Zeit-Tor überwunden.

Hier herrschte ewiges Halbdunkel, ich konnte die Kuppel nicht sehen, konnte die Wolken nicht spüren, keinen Wind keine Sonne, nichts. War mein Leben bis dato die Hölle gewesen, so war das nur ein lauer Vorgeschmack auf das hier. Ich begann gegen die Tür zu schlagen und spürte, wie mir Tränen übers Gesicht liefen.

Aber ich weinte nicht, ich doch nicht. Ich war Ten, der immer cool blieb. Ten, der keine Angst kannte. Und nun? Das Geheule war bestimmt nur, weil sie mir Drogen gegeben hatten. Das Pulver hatte mich weich und schwach gemacht. Ich fühlte mich wie eine Banane in einer dunklen Kiste und meine gelbe Haut wurde schwarz und schwabbelig bevor ich mich in Nichts auflöste.

Ich wollte es nicht, dennoch hämmerte ich an die Tür des Bauwagens

Und schrie: »Lasst mich raus! Lasst mich doch raus! Ich will nicht sterben! Alle kriegen etwas vom Nikolaus und mir bringt er nur den Tod!«

Ich hämmerte und kratzte in meiner Panik, den grünen Lack von der Tür. Meine Fingernägel splitterten und ich blutete, aber es war mir egal. Ich musste es versuchen. So hämmerte ich immer weiter und ich heulte immer weiter und schrie. Ich schrie meinen ganzen Schmerz heraus. Dabei spürte ich nicht, wie meine Hände aufrissen und bluteten. Im Bauwagen nebenan gaben die Hunde ein richtiges Konzert.

»Wuhhhu! Wuhhhu! Lass heulen!«, das war Ferro.

»Schnuffel-Bruder jault, soll Trost kriegen von Sroms Ton! Wuuuiihhuuu!«

Einmal fing ich mich kurz und der Heulkrampf setzte aus, da wischte ich mir über die Nase und spähte durch das Astloch. Viele Kinder hatten sich versammelt. Ich sah den roten Lenni, wie er grimmig guckte. Terence hielt Kati im Arm, sie weinte. Ich wusste, sie wollten mir helfen, aber sie konnten nicht. Sie trauten sich nicht.

»Was man sich nicht traut, das kann man auch nicht. Aber du musst dich trauen, du bist etwas ganz Besonderes, Tris! Vergiss das nie!«

Wer hatte das gesagt - damals? Dann erinnerte ich mich an den Dialog und wie er ausging: »Versprochen, Mama!«

Ich hatte also eine Mutter gehabt und auch wenn sie aus meiner Erinnerung verschwunden war, gab es sie. Also hatte ich eine Vergangenheit. Wenn ich eine Vergangenheit hatte, konnte ich da nicht auch eine Zukunft haben? Hoffnung glomm in mir auf und die Hoffnung hat eine Eigenschaft: Sie brennt! Erst war sie ein Funke, bald wurde sie ein Feuer, dann spürte ich die Luft lodern.

»Freunde, lasst uns kratzen, lasst uns jaulen! Lasst uns leben!«, brüllte ich in Gedanken. Und sie taten es. Wir jaulten, dass der klagende Ton mit dem Wind zur Kuppel getragen wurde und immer weiter wehte er auf und ab. Er wurde bis nach Sleldel getragen und ein Zipfel des Heulens schlüpfte durch das Zeit-Tor. Eigentlich war er in Nodi, wie das verwunschene Land hinter dem Vorhang hieß, nur noch ein leises Wimmern - sehr, sehr leise. Die Ahnung eines Tones.

Doch die Dschaymalla erspürte ihn und nahm ihn in sich auf.

Sie las seine Botschaft: »Ich bin besorgt! Das Böse rüttelt an den Festen[7].«

---

[7] Veraltetes Wort für Stützpfeiler

All das wusste ich nicht, ich las nicht die Sprache des Windes, ich sah nicht, wie das Pulver sich erhob und in wirren Spiralen durch den Bauwagen tanzte.

Auch das Hämmern und Rus Brüllen bemerkte ich erst, als es zu spät war. Das war als ich es bereits an der Erschütterung unter meinen Handflächen zu spürte. Als er die Tür aufriss, wurde ich gnadenlos von künstlichem Licht überspült. Ich kniff meine verheulten Augen zusammen.

»Halt das Maul! Du und die Köter, ihr sollt endlich das Maul halten!«

Es war Rus, ich lag genau vor seinen Bikerstiefeln und seine überdimensionalen Beine bildeten ein Tor.

Ob ich es schaffen könnte?

»Trau dich!«, hörte ich die Stimme aus meiner Vergangenheit.

»Junge, ich...«, er sah auf mich herab wie auf ein Insekt, das es zu zertreten galt. In diesem Moment war ich in der Sprinterstellung und ich war kein schlechter Sprinter, das wusste der Hutmacher auch. Mir kam ein seltsamer Gedanke: »Schon komisch, dass das Los immer auf so gute Sprinter fiel, die es am Ende - wie auch - denn doch gegen die Hunde nicht schafften. Aber die Show war halt geiler!«

Ich wollte durch Rus Beine ins Freie und machte einen Ausfall. Ich versuchte es und bückte mich, um mich hinter seinem Rücken wieder aufzurichten. Doch so weit kam es gar nicht. Der bullige Kerl drehte sich widererwartend flink um sich selbst. Ich kam nicht dazu, mich zu erheben, denn ein riesiger Schuh war plötzlich im Weg. Er pflückte mich vom Boden, wie man ein Unkraut ausreist und hielt mich hoch über seinen Kopf: »Jetzt reicht es mir aber mit deinen Sperenzchen!

Meinst du etwa, du hast mehr Rechte, als die anderen?

Ich hab Kopfweh, also: Halt s Maul!«

Rus stellte mich hin, aber mir war so schwindlig und ich war so fiebrig, dass ich nicht mehr wusste, wo oben und unten war. Er zog langsam seinen Handschuh aus und dann knallte er mir eine. Erst links, dann Rückhand. Ich wäre sowieso umgefallen, ich konnte mich nur nicht für eine Richtung entscheiden.

Aber er setzte noch eins drauf und versetzte mir einen Schlag aufs Kinn. Ich spürte den Aufschlag nicht, denn ich fiel in endlose Schwärze.

»Endlich Ruhe!«, hörte ich Rus dunkle Stimme im Nirgendwo.

Sextum

Die Dschaymalla stand ruhig und lauschte in den Orbit, sie suchte nach Schwingungen, die nur sie wahrnehmen konnte. Und sie fand sie.

»Ein Nachtmahr! Wie ist er durch den Sonnenkreis gekommen?«

Sie rief die Druiden der Elfen zur Hilfe, die an den düsteren Seifenquellen ganz besondere Seifenblasen brauten.

»Sehet, ihr mächtigen Elfenkrieger! Mein Verbündeter, Slotti, ist in Gefahr, ich bitte euch, ihm ein paar Blasen zum Schutz zu senden, damit er Nodi unversehrt erreicht.«

Es war tiefe Nacht. Trum, der Druide, war allein an den sumpfigen Seifenquellen. Der Himmel über Nodi wirkte wie mit dunkel glänzenden, blauen Samt überzogen und Abermillionen Sterne strahlten hell. Doch schienen sie nicht in gelbem oder weißem Licht wie in der Welt hinter dem Zeit-Tor. Diese hier strahlten in Rosa und Violetttönen.

Auch wechselten sie dann und wann die Position. Trum rauchte eine Pfeife mit berauschenden Kräutern. Er döste und sah in den Himmel. Seine Artgenossen hatten sich zurückgezogen. Das Jagen in Nodi war bei Nacht selbst für so flinke und kundige Jäger, wie die Sumpfelfen es waren, gefährlich. Denn hier gab es zwar keine unnötige Gewalt und keinen Krieg an sich - dank der Weltenherrscherin.

Doch manchmal manifestierten sich die Geschöpfe, die die Träume der Menschen hervorgebracht hatten. Einige davon waren durchaus unangenehm, auch wenn seine Art an sich keinen natürlichen Tod sterben konnte, war seine Energiehülle an sich angreifbar.

Zunächst verkannte Trum die Dringlichkeit der Botschaft und da er schläfrig war, auch die Absenderin. Dann jedoch fuhr er hoch und rief mit seinen übernatürlichen Kräften seinen Druidenstab, um damit die heiße Quelle zu wecken. »Selbstverständlich Herrin, dein Wunsch sei mir Befehl!«

Er berührte mit dem gewundenen Stab, der einem Krieger wohl gut und gerne bis zur Schulter reichte, die Oberfläche der blubbernden Quelle: »Upp nadir sra- doll! Wachst und höret mein Befehl!

Tatum so lar! Durch das Zeit - Tor sollt ihr gehen!

Sro dim sadul kem na di bar! - Zu schützen, was im Hier geboren!

Ne dar brass na-luch! Denn sonst geht es zu schnell verloren!«

Alsbald brodelte das Wasser in allen Farben und schillernde Blasen schwebten zielstrebig gen Himmel.

Der Druide berührte jede einzelne mit seinem Stab, doch sie zerplatzten nicht, sondern wurden mit heilender Magie gefüllt.

»Husch! Husch! Findet euer Ziel!«

Trum blies in seine Hand und sie zeigte zum Himmelszelt.

Die magischen Schutzblasen zischten ab.

»Herrin, es ist vollbracht!«

»Trum, hab Dank!«, erhielt er die Antwort.

Unterdessen wurde in Sleldel der arme Slotti angegriffen. Er war gerade aus der Menschenwelt zurück und hatte munter eine Flugrunde gedreht, als er gespürt hatte, dass er nicht alleine in dieser Zwischenwelt war. Doch war es keine freundliche Gegenwart, die sich ihm offenbarte, sondern etwas Geiferndes, Kaltes.

Slotti spürte, dass ihn etwas beobachtete. Er sah sich im Fliegen mehrfach um und bemerkte, dass die Wolken zerrissen wirkten.

Da sah er das Zeit-Tor und hinter ihm winkte zweifelsohne die Zuflucht, denn dort hatte die Mambo die uneingeschränkte Macht.

In Nodi hatte er Freunde, die ihm helfen würden und eventuell könnte dieses Bös-Ding ihm durch die Schranke nicht folgen. Kalte Schauer liefen ihm über den Rücken. »Ich A...A...Angst, Mambo Mama!«

Enttäuscht stellte die kleine Motte fest, dass Dschaymalla ihr nicht antwortete. Waren die Geschicke dieser und jener Welt dann am Ende doch wichtiger als eine kleine, freche Motte, die nur aus dem Niesen eines Waldgottes entstanden war?

Gerade erreichte Slotti die Membran und versuchte sie zu dehnen, um hindurch zu schlüpfen.

Da hörte er eine schnarrende Stimme und er roch fauliges Wasser.

»Ich krieg dich, du kleine Flugschabe! Ich freue mich schon auf deinen Geschmack! Jahrhundertelang warte ich auf so einen zarten Bissen. Denn du bist so durch und durch gut und das Gute will ich in mich aufnehmen. Vielleicht hab ich noch eine Chance.«

Hohles schallendes Lachen.

Slotti probierte es verzweifelt noch einmal, doch die Membran war heute sehr zäh. Gerade versuchte er es wieder und er konnte den Zuckerwald schon riechen, als er mit aller Macht zurückgerissen wurde und wie er noch starr vor Schock war, da biss es zu.

»Hilfe! Ich, Slotti, brauche Hilfe!«

Der Biss war nicht das Schlimmste, nicht die geifernden Zähne des grauenvollen, gnadenlosen Gegners. Nein, es war die Kälte und Gleichgültigkeit, mit der er ihn, Slotti, nur als Futter ansah.

Dschaymalla hatte ihn immer gewarnt: »Slotti«, hatte sie erklärt, »du bist ein Ding der Zwischenwelt, ein Wesen Nodis, als solches und weil du als Mittler zwischen Menschen- und Anderswelt privilegiert[8] *bist, kannst du in Nodi nicht sterben.«*

»Ich gehe also nie tot?«, hatte Klein-Slotti gefragt.

»Nein, in Nodi nicht. Doch höre gut zu, du freches Flug-Ding. Du darfst nicht zu lange in der Menschenwelt bleiben! Das ist nicht gut für deine Substanz. Denn du bist ein Geistwesen und bestehst nur aus der Energie der guten Träume. Bist du aber jemals von der Morgendämmerung bis zum Sonnenuntergang in der Menschenwelt, dann geht deine dünne Hülle verloren und ist für immer fort. Versprich mir also immer schnellstmöglich von einem Auftrag zurück zu kommen, denn dies ist deine Heimat!«

»Was ist verloren, Mambo Mama?«

»Wenn etwas verloren ist, so ist es fort und niemand kann es mehr finden!«

»Aber Mambo Mama…?«

---

[8] mit besonderen Rechten ausgestattet

»Du weißt, dass du mich nicht so nennen sollst!«

»Aber warum denn nicht?« Klein-Slotti legte den Kopf schief und seine wunderschönen Fühler glitzerten.

»Nun, weil das nun eben nicht wahr ist...weil ich keine Mama bin. Und das ist ganz und gar ungezogen eine Weltenherrscherin so zu nennen.«

»Nun, wenn du meinst, Mambo Mama. Also ich finde, du bist unser aller Mama, weil du auf uns alle so gut aufpasst. Aber vor allem bist du meine.«

Damals war es passiert, dass sie ihr Herz gespürt hatte, es hatte heiß geglüht in ihrer Brust. Ein Herz, das gar nicht da sein sollte!

Aber in diesem Moment schlug es und brachte frisches Blut in ein Wesen, das eigentlich gar nicht lebte.

»Einmal«, plapperte Klein-Slotti weiter, »da wollte ich mal einen Kern essen und der Kern war lecker und schmecker und schmeckerer... Da flog ich so und denke an den Lecker-Kern.«

»Ja, und dann?« Dschaymalla lachte, was sie eigentlich nie tat.

»Was willst du sagen?«

»Nun, ich will sagen, dass der Kern runtergefallen ist, weil ich an einem Ast hängenblieb. Und ich denke so:`Aaah!´«

»Und du denkst so: `Aaah!´« Dschaymalla hielt sich den Bauch. Und die glitzernden Feen schwirrten herbei und die Puffer-Hörnchen hörten auf zu puffen.

»Also der Kern fiel tief, tiefer und schwupps war er weg! Und ich rufe so: Kern! Kern! Aber er hat keine Antwort gegeben. Dann war er ja eigentlich verloren.«

»Ja, so ist es!«, bestätigte die Dschaymalla.

»Ätschi Bätschi! Ich hab ihn aber wieder gefunden!«

»Wo war er?«

»Er war in eine Blüte geplumpst und die hat ihre Blätter aufgemacht und ihn mir zurückgegeben. Also ist man, wenn man verloren ist, gar nicht für immer fort.«

»Und würdest du mich finden Mambo Mama - wenn ich tief, tief falle?«

»Jetzt, wo du es sagst. Ja! Dich würde ich finden, Slotti. Und ich bin froh, dass der Waldgott geniest hat und das du dann da warst.«

»Ist er dann nicht eigentlich mein Waldgott-Papa?«

»Na, das erkläre du ihm mal!«

»Mambo Mama?«

»Ja?«

»Ich hab dich lieb!«

»Slotti, ich...ich ...finde kleine Motten sollten jetzt schlafen!«

»Ich flieg lieber noch eine Runde! Tschüüüüss!«

All das ging Slotti durch den Kopf, als er nicht mehr aufhören konnte zu fallen. Und das Gift des Nachtmahrs breitete sich in ihm aus und ließ ihn sich nicht mehr bewegen können.

Gott sei Dank hat Sleldel weder Boden noch Himmel und keine Begrenzung in Raum und Zeit. Slotti schlug also nirgendwo auf.

Er zitterte jedoch und litt Schmerzen, weil der Nachtmahr ihn nicht losließ und nun versuchte er sogar ihn mit sich fort zu nehmen und es passierte etwas sehr Schlimmes. Sein linker Flügel riss.

»Werde sterben, Mama! Vergiss Slotti nicht!«

»Du musst kämpfen!«, Dschaymalla war in seinem Kopf.

»Kann nicht!«

Niemand stoppte seinen Fall, außer der Nachtmahr, der an seinem Flügel fraß: »Ein leckerer Bissen bist du. Doch ich lasse mir Zeit und bringe Beute an vertrauteren Ort.«

Die Schutzblasen waren schnell gewesen, doch sie würden zu langsam sein.

Als Dschaymalla das realisierte, traten ihr Tränen in die Augen. Das salzige Wasser wurde zum Fluss und sie nahm Schlange und ein Schrei

explodierte aus ihrem Mund. Er ging wie eine heiße Welle durch Nodi, passierte auch das Zeit-Tor und die Membran zerriss.
Doch der Nachtmahr strauchelte nur kurz in seinem Flug und zerrte den halbbewusstlosen Slotti immer weiter.

Es gab keine Hoffnung mehr!
Oder doch?
Denn da war jemand in Sleldel angekommen, mit dessen Gegenwart niemand mehr gerechnet hatte.

10-Trudi - Zu spät!

Endlich war ich, mit dem versteckten Flio, oben angekommen und schob den Putzwagen den Aufzug raus. Dabei hielt ich mich in Richtung Küche. Flio hatte so geschrien und geweint, als er wach geworden war, doch ich konnte ihn beruhigen.

Allerdings schenkte ich ihm, obwohl er noch so jung war, reinen Wein ein. Ich erzählte ihm, wie übel der Hutmacher und seine Spießgesellen waren und dass sie ihn nicht finden dürften, weil sie ihm sein Herz herausreißen und verkaufen wollten - an einen sehr, sehr reichen, einflussreichen Mann, dessen Tochter dieselbe seltene Blutgruppe wie er selbst hatte. »Aber Trudi?«

»Ja!«, ich bückte mich zum unteren Teil des Putzwagens, wo er immer noch saß.

»Bin ich denn nicht genau so viel wert wie dieses Mädchen?«

»Doch, das bist du, du bist mein Flio!«

»Aber, wenn sie mein Herz genommen hätten, dann würde sie leben und ich wäre tot. Warum tut der Hutmacher das?«

»Na, weil er ein Schwein ist und nur aufs Geld aus. Und die Wertigkeit eines Menschen, die misst er auch nur am Bankkonto und alles andere ist ihm egal. Und jetzt erzähl mir noch schnell, wie geht das große Tor vorne auf? Ihr geht doch jeden Tag dort raus. Wie öffnet der Hutmacher oder Natalia es?«

Der Kleine kratzte sich am Kopf: »Ich weiß es nicht, ich hab irgendwie so Kopfweh!«

»Bitte denk nach, denn wir müssen bald hier raus!«

Ich drückte seine kleine, kalte Hand.

»Jetzt weiß ich s wieder!«

»Was macht der Drecksack?«

»Er tippt Zahlen an einem Telefon, das hängt an der Wand!«

»Danke, danke! Du bist sehr mutig und schlau. Jetzt sei leise wir verstecken dich bei einer Freundin. Niemand darf dich sehen!«

Mein Weg führte mich Richtung Küche. Jedoch bog ich vorher, hinter einer Säule, scharf ab und verborgen von leeren Kartons und Pappe lag der Lumpenhaufen, auf dem Srill in der Regel schlief. Diesmal war sie wach und schaute mich aus großen, blauen Augen an.

Ich stellte den Wagen, so dicht es ging, an die Kisten, hinter denen Srills Unterschlupf lag.

»Srill, wie geht es dir?«, fragte ich sie.

»Was soll die Scheinheiligkeit? Das interessiert dich doch nen Haufen Scheiße, wie es mir geht!«

Ich wollte sie berühren, doch sie schlug nach meiner schwarzen Hand.

»Gib es doch zu! Du bist zu Axel gegangen und willst meinen Job. Deshalb bist du fort gegangen und nicht wieder gekommen. Du blöde... du blöde... Niggerin!«

Nun musste ich schlucken: »Nun, mach mal halblang! Nein, deshalb bin ich nicht zu Axel gegangen. Das war eher weil...«

»Spuck s aus! Bitch!«

»Das war, weil ich Ten liebe - den Jungen im Bauwagen. Und weil ich versprochen habe, ich hole ihn raus!«

Nun griff sie doch meine Hand und machte große Augen: »Trudi, entschuldige, was ich gesagt habe! Ich bin selbst die Bitch. Aber wieso warst du bei Axel und wie willst du das anstellen, ihn zu befreien?«

»Ich weiß es noch nicht genau. Ich war bei Axel, um Ten das Essen zu bringen. Du, ich hab leider nicht viel Zeit. Bitte tu etwas für mich!«

»Alles, was du willst. Verzeih mir, Trudi!«

»Bitte pass auf Flio auf! Hier laufen komische Sachen, hier gibt es Kinder in einem großen Schlafsaal, denen will der Hutmacher die Organe klauen. Hier geht es schon lange nicht mehr nur ums Autoklauen. Du musst Flio verstecken. Bitte!«

»Verlass dich auf mich, Schwester!«, sie gab mir eine Ghettofaust.

»Komm raus, Flio!«

Der Kleine kletterte mühsam aus dem Karren: »Hallo!«

»Na, dann komm mal hierher!« Sie hob einladend eine verschlissene Wolldecke hoch. Mein Blick fiel auf ihren Fuß, der in ein paar Lumpen gewickelt war.

»Mach dir keine Sorgen, Trudi! Das geht schon viel besser!«

»Ich muss los, es kann sein, dass ich verfolgt werde. Bewegt euch bitte nicht weg! Ich komme wieder, wenn ich kann - mit Ten. Hör auf Srill, Flio! Hab dich lieb!«

»Hab dich noch lieber!«, antwortete er.

Srill baute die Kistenmauer höher. Es mochte sein, dass es ein offenes Geheimnis war, dass sie dort hauste. Aber niemand vermutete Flio. Und das war gut so.

Mittlerweile fühlte ich mich gehetzt und beobachtet. Ich musste in die Kuppelhalle zum Bauwagen, die Nacht war schon weit fortgeschritten und es mochte gut sein, dass der Verlust des Jungens und seines Herzens bereits aufgefallen war. Das machte die Sache mit Ten nicht gerade einfacher. Außerdem war klar, dass ich endlich den Putzwagen loswerden sollte.

Plötzlich begann ein fürchterliches Jaulen und alle in Sodom zuckten zusammen, denn so etwas hatte hier noch nie jemand gehört.

Alle strömten in die Kuppelhalle und ich mischte mich unter sie - zunächst noch mit dem Wagen, später ließ ich ihn einfach hinter einem Stoß Feuerholz verschwinden.

Alle Augen waren auf die beiden Bauwägen gerichtet, die dicht beisammen standen. Das Geheule erfüllte die ganze Kuppel, die Kinder hielten sich die Ohren zu. Und manche weinten gleich mit.

Es entstand eine große Unruhe.

Viele der älteren Jugendlichen spuckten aus: »Was soll die Scheiße?«, rief ein großer Dunkelhaariger. »Lasst den Jungen raus!«

»Das ist doch unmenschlich, ich kann das nicht glauben. Nikolausritual und Glück? Wo hat uns das je Glück gebracht? Noch nie!«

Die Umstehenden pflichteten dem Mädchen bei:

»Ja, ja! Recht hat sie!«

»Rauslassen!«, riefen die Ersten, wenn auch nur verhalten. Es waren bereits mindestens fünfzig von unserer Sorte und einige reckten mutig die Arme. Ich hoffte inständig, dass Srill und Flio im Versteck bleiben würden. Da erkannte ich Edda am äußeren Rand. Es war zu spät, unsere Blicke hatten sich getroffen. Leider war meine Freundin ein eher einfaches Gemüt und über den Tumult hinweg schrie sie:

»Trudi, endlich! Truuuudiiii!«

Oh nein! Ich durfte doch keine Aufmerksamkeit auf mich ziehen.

Aber sie gab es nicht auf: »Trudi, so warte doch, ich hab dich überall gesucht.«

Sie drängelte sich durch die Menge. Unterdessen beobachtete ich Rus, des Hutmachers Mann fürs Grobe, wie er mit der flachen Hand immer wieder an den Bauwagen schlug. Doch auch das stoppte den durchdringenden Lärm nicht. Er riss schließlich die Tür auf und dann wurde es mit einem Mal ruhig.

Ich hastete in seine Richtung und schubste rechts und links die Leute. Ich verlor keine Zeit mit Entschuldigungen und Edda hatte das Nachsehen. Als Rus wieder rauskam, sah ich Ten am Boden liegen. Die Hunde wimmerten nur noch, doch der Junge meines Herzens lag ganz still. War das Blut in seinem Gesicht?

»Ten! Ten!«, schrie ich und streckte verzweifelt den Arm aus, aber es waren immer noch Kinder vor mir, die um einiges größer und sturer als ich waren. Mein Schreien zog Rus Aufmerksamkeit auf sich.

Er fixierte mich und erst war da gar nichts. Mit einem Mal zuckte Erkenntnis durch seine hellen Pupillen: »Duuuu!«, krakelte er.

Ich erschrak, denn er knallte die Tür zum Bauwagen zu und begann mir ohne Rücksicht auf Verluste nachzusetzen.

Ich rannte, kam an Edda, die mich festhielt, vorbei.

Ich riss mich los: »Jetzt nicht!«

Ich flitzte über den Platz und fiel einmal hin. Als ich mich umsah, schwebte Rus Kopf noch über der Menge. So rappelte ich mich auf. Mein Ziel war der dunkle Gang zum Haupthaus.

Er bot viele Abzweigungen und die Zweite links nahm ich. Dort sah ich eine Anhäufung großer Marktkisten und Fässer für die Bar. Ich quetschte mich zwischen drei bauchige Tonnen. Vor mir vergammelte Gemüse und mehrere Mäuse machten sich darüber her. Auf dem Hauptweg hörte ich eine bekannte, schnarrende Stimme:

»Wo ist dieses unselige Gör? Natalia bringt mich um, wenn ich den Jungen nicht beibringe. Ich sehe schon mein Blut auf ihren Fließen. Und ich hatte es so gut vor. Wie konnte das passieren?«

Der Alte stöhnte.

»Auf gar keinen Fall bleibe ich hier!«, jammerte der Hutmacher und in meinem Nacken stellten sich die Haare.

»Ich bring dieses kleine Flittchen um!«

»Ich habe eine Idee, Boss!«

»Oh, Bosco«, bremste der Hutmacher, »überlass das Denken den Pferden!«

»Aber Boss, diese Idee ist gut!«

»Na, dann schieß in aller Herrgottsnamen los!«

»Der Junge hat besonderes Blut!«

»Ja, so weit waren wir schon.«

»Aber das sieht man dem Blut doch nicht an. Oder?«

»Natürlich nicht! Dafür müsste man testen und das dauert«, erläuterte der Alte ungeduldig.

»Dann ist es doch ganz klar: Ein Herz ist wie das andere. Ist nicht gestern der Kleine von den Minenarbeitern gestorben? Wie hieß er noch gleich?«

»Ja, den Lütten[9] hat s erwischt. Sascha hieß der, glaub ich.

Ein Stützbalken ist umgekracht. So eine Schlamperei!«, er kratzte sich nachdenklich unter seinem Hut.

»Und wenn du den Arzt fragst, ob er dir sein Herz herausgibt, weil der andere Kleine unabkömmlich ist, dann würde doch niemand den Unterschied merken? Oder wenn, haben wir schon die Kohle und Copa Cabana - wir kommen!«

---

[9] **Nordeutscher Dialekt für Kleiner**

»Bosco!« Der Hutmacher strahlte. »Ich hätte nicht gedacht, dass ich das einmal sagen würde: Aber du bist ein Genie!«

Bosco lupfte seine flache Mütze und machte einen Diener:

»Immer zu Diensten!«

»Ich weiß, ich war nicht immer der beste Boss, aber dafür bekommst du eine Entschädigung. Rettet der meinen knochigen Arsch!«, sagte der Hutmacher mehr zu sich selbst.

»Wir machen es so: Du gehst zu dem Doc, versprich ihm meinetwegen mehr Geld. Ich suche das Mädchen und ob ich sie finde oder nicht. Ich warte im Oberen-Stock. Du kommst mit dem Herz in der Kühltasche, wir tun so, als wäre die OP vorbei und ich biete mich an, es zu dem Käufer zu bringen.«

»Alles klar! Bin schon weg!«

Die beiden entfernten sich und ich bewegte mich und atmete auf.

Gerade als ich mich aufrichten wollte, legte sich ein großer Schatten auf mich.

Als ich die Gefahr wahrnahm, war es schon zu spät.

»Buh!«, machte Rus und blies mir Zigarillo-Rauch ins Gesicht.

Seine riesigen Pranken krallten mich von hinten und die Fässer rollten weg. Ich hörte mich selbst kreischen und ich konnte nicht mehr aufhören. Das war das Ende!

Das schrille Schreien eines Mädchens klirrte in meinen Ohren.

War ich das?

»Halt s Maul! Ich hab immer noch Kopfweh! Haltet endlich mal alle das Maul!«

Ich stand vor diesem baumgroßen, hässlichen Typ und sah seine Hand nicht kommen. Sie traf mich an der Schläfe und Rus tat, wofür er bezahlt wurde. Er war ein Schläger und schlug zu. Ich entglitt in eine gnädige Ohnmacht.

Septum

Ten war am Start. Durch Rus Schlag war er in einer Ohnmacht und damit in Sleldel gelandet. Er war durch die Kraft des goldenen Blumenpulvers beflügelt und dieses Pulver verlieh ihm, dem Tode geweihten Jungen, schier endlose Macht.

Ten hatte den Kopf frei, seine Gedanken waren weit, fast so weit wie Sleldel selbst. Er hörte Slottis Worte: »Vergiss Slotti nicht!« Außerdem spürte er Dschaymallas, wenn auch nur körperlose Anwesenheit:

»Tu es, Ten! Das ist deine Bestimmung!«

Ten fühlte etwas Machtvolles in sich wachsen: Man nennt es Wut!

Seine Gefangenschaft in Sodom hatte ihn gleichgültig werden lassen.

Menschen, vor allem kleine, gewöhnten sich an alles. An Schläge, Hunger, harte Arbeit und manche sogar daran, dass sie ganz alleine waren.

Deshalb schnappten sich Verbrecher, wie Natalia und der Don, vornehmlich Kinder.

Doch nun war sie da, die Wut. Vor seinem inneren Auge sah der ausgemergelte Junge Slotti und den Nachtmahr. Der Nachtmahr war so wie viele ein Wesen der Dunkelheit. Ten spürte seine Kälte mit etwas auf, für das es keinen Namen mehr gab.

Er ließ sich fallen und setzte ihn nach.

Plötzlich spürte er, wie sein Körper sich veränderte.

Etwas war mit seinen Händen. Dann sah er ihn, schaute den Schatten des Todes und wie er den armen Slotti mit sich nahm.

»Hilfe!«, hauchte die wunderschöne, schillernde Motte.

»Hey, Dämon!«

Da blickte er ihn direkt an: Seine Augen waren Abgründe, seine Klauen waren Säbel, sein Mund, gespickt mit nadelspitzen Zähnen, troff vor Blut. Seine Schwingen ließen ihn in der Luft stehen.

»Was willst du?«, zischte der Nachtmahr. Er grinste, sofern ihm das in seiner Hässlichkeit möglich war.

»Ich kenne dich nicht, aber ich mache gerade Mittagspause und du willst wohl heute noch sterben.«

»Du sollst mich kennenlernen! Mein Name ist Ten!«

»Ich rieche, dass du sterblich bist und du wagst dich das, dich einem Nachtmahr in den Weg zu stellen. Bemerkenswert, aber dumm!«

Auch Ten konnte ohne Mühe in der Luft verharren.

Er sah auf seine Hände und wusste, was zu tun war.

»Du hast da meinen Flugfreund! Gib ihn frei!«

Der Dämon lachte: »Oder sonst?«

Sein Atem war Eis, um ihn her wuchs Reif auf den Wolken.

»Sonst, fragst du? Sonst das.«

Ten war so schnell, dass selbst dieses Geschöpf aus dem Tartos erschrak. Der Junge machte im Flug eine Drehung und kam über dessen Flügeln zum Stehen. Schließlich ließ er sich fallen.

Sein Mittelfinger hatte sich, dank Dschaymalla, in eine große, rasiermesserscharfe Klaue verwandelt. Er brachte sie unter die Kehle des Nachtmahrs und zog einmal durch. Schwarzes Blut spritzte und in seinen seelenlosen Augen des Viechs erlosch etwas. Schließlich begann es zu fallen und Slotti fiel mit ihm.

»Rasch!«, befahl die Dschaymalla, »Fang ihn und bring ihn nach Nodi. Dort wird alles gut!«

Der Junge tat wie ihm geheißen, er tauchte und sauste wie eine Rakete durch die Wolken: »Slotti!«

Aber der Körper der leblosen Motte entschwand.

»Slotti!« Ten kam außer Atem, er schwitzte sehr. In seinem Kopf war

die eine schnarrende Stimme des Miesepeters, Koljov: »Er ist am Ende doch nur eine Motte. Lass ihn los! Und lass den Gedanken los, dass du ihn retten könntest!«

Er versuchte es noch intensiver mit aller Kraft ihn zu erreichen und raste an Sternen und Wolken in die Tiefe.

Da, endlich, sah er etwas glimmen.

Es war die verletzte Motte. Da hatte er ihn.

Es gab einen Ruck und Ten stoppte Slottis Fall. Die Zähne des Nachtmahrs waren noch in seinen Flügel verhakt.

Ungerührt öffnete er das Gebiss des toten Dämons und befreite den Flügel aus dem blutigen Schlund: »Unsterblichkeit ist relativ!«

Er sah den Leichnam fallen. Nur dieser tote Dämon würde je erfahren, ob Sleldel einen Anfang oder ein Ende hatte.

Ten nahm den Verletzten auf die Arme, seine Hände waren wieder normal und er trat den langen Weg nach oben an.

»Hey, kleines, freches Flug-Ding!«

»F...f...flug-F...f...freund!«, murmelte er.

Die Dschaymalla mischte sich ein: »Bring ihn schnell heim! Er muss nach Nodi. Hier ist er viel zu schwach. Dort kann ich mit Schlange seinen Flügel heilen. Benutze dazu die Schutzblasen. Sie können nicht so tief ins Innere, warten aber oben auf euch. Du musst Slotti da *hinein stecken und mit ihm in der Blase durchs Zeit-Tor. Eide wird dir den Weg weisen.«*

»Wird gemacht!«, antwortete der Junge.

Die Motte schlief in seinen Armen, während er aufstieg.

Mittlerweile konnte er es so gut, als habe er nie etwas anderes gemacht. Weit über ihnen waren die Blasen Sie dümpelten schillernd und wartend zwischen den Wolken umher.

Ten hatte das Gefühl, es sei die höchste Zeit, denn sein kleiner Freund wurde immer schwächer.

Völlig außer Atem kam er bei den Blasen an. Sie waren glatt, kühl und reflektieren das Licht der rosa Sterne.

Ten suchte eine Öffnung, fand aber keine. Seine Hand war ganz blutig und rutschte immer wieder ab.

»Dschaymalla, bitte! Ich weiß nicht, was ich tun soll! Die Blase öffnet sich nicht. Ich will nicht, dass er stirbt.«

Plötzlich fühlte sich der Junge nicht mehr stark. Die Macht des Pulvers war wohl noch in ihm, doch letztendlich war er nur ein Mensch, ein sehr junger Mensch, zehn Jahre alt und die Verantwortung drückte ihn gar zu schwer.

»Saasam, sedur, sedal – öffne dich! Bewahre, was mir lieb und fein,

sollst heut sein Beschützer sein!« In der Blasenwand entstanden erst Kringel wie auf der Oberfläche eines Sees und dann in der Mitte des Kringels ein Loch. Das war sehr klein. Nun berührte Ten es mit seinen blutigen Fingern: »Geh auf, bitte!« Sogleich verbreiterte sich der Durchgang und er konnte den armen Slotti in die Blase betten.

»Jetzt aber flott!«

Der Junge sah über sich, die riesige Membran, die man Zeit-Tor nannte. Er wusste, er musste die Öffnung mit den Händen dehnen.

Dazu musste er aber die Blase loslassen. Und sie schwebte zwar, mit Slotti, nicht weit weg, aber doch so, dass er sie nicht erreichen konnte. Da wurde der Junge sehr verzweifelt. Sein Hals war eng, seine Augen brannten und er dachte an Trudi und ob er sie wohl wiedersehen könnte. Leider dachte er auch daran, dass er sich hier nicht in der richtigen Welt befand. Die richtige Welt war vollgestopft mit solchen Mistkerlen wie Natalia, Don, Bosco und dem Hutmacher, die mit einem wie ihm nur Geld machen wollten.

»Ich kann nicht!«, schrie er in Sleldel und dann hörte er die Mutter aus seiner Erinnerung: »Du musst dich trauen, Tris!« und er sah Slotti, so schlapp und ruhig wie die Puppe eines Schmetterlings.

Da fielen seine Tränen auf das Tor und seine blutigen Hände. Die Membran verfärbte sich. Sie wurde wie schlammiges, aufgewühltes Wasser. Ein Strudel entstand.

»Ruf die Kugel, Ten! Du bist der Hüter und alle werden dir folgen!«

Das war Dschaymalla.

»Kugel, komm endlich!« Die Kugel zögerte etwas und er dachte es noch einmal fester, bestimmter. »Kugel, komm! Dich meine ich! Los!«

Jetzt flog die Blase zutraulich heran und der Hüter stieß sie in den Strudel und ging sogleich hinterher in eine andere Welt - nach Nodi!

»Beeil dich junger Hüter!«, mahnte die Dschaymalla. »Sie kommen ihren toten Bruder zu rächen.«

»Wer?«, wollte er wissen. Da hörte Ten ein hohes Trällern und Kreischen wie von einer rostigen Säge von Sleldel her.

»Mensch hat unseren Bruder tot gemacht und großes Insekt geholt. Will Jung-Pfeilschnell ihn fressen?«, schnarrte es. »Wir wissen, wir schnappen, wir fressen ihn!«

Da wurde Ten aber wie ein Stöckchen mit dem Regen nach Nodi ins Helle gespült.

Hier leuchtete alles wie bei einem überbelichteten Bild. Nachdem seine Augen sich etwas daran gewöhnt hatten, schienen die Farben dunkler. Nur der Kontrast zu Sleldel war immer noch immens.

»Mach schnell! Ich spüre sein Lebenslicht nur noch sehr schwach.«

Dschaymalla machte sich Sorgen:

»Ich schicke dir Eide, sie zeigt den Weg!«

»Kugel, schneller!«, befahl der junge Hüter und die Blase beschleunigte das Tempo. Da bemerkte Ten erst einen unscheinbaren Kratzer an seiner Wade, der aber höllisch brannte.

Wo blieb diese Eide?

»Hier bin ich!« Vor ihm schwebte ein Glühwürmchen. Es fegte mit einem Affenzahn vor der Kugel her und er schob sie an und gab Gas.

»Ich kenne deine Stimme!«

»Beeil dich!«, meinte das Glühwürmchen. Langsam wurde es über dem Land der guten Träume dunkler. Der Himmel strahlte lila und rosa.

Ten konnte dem Lichtpunkt kaum folgen, vor allem, was er unter sich sah, lenkte ihn sehr ab. Da lag eine Wiese mit hohem Gras und riesigen, buntschillernden Blumen. Gerade erkannte der Junge, dass in einer von ihnen eine nackte Nymphe schlief.

Sie überflogen einen Wald in Pastellfarben. Es sah aus, als grasten winzige Flugpferde die fluffigen Zweige der Bäume ab. Manche flogen ihnen hinterher: »Wer bist du?«

»Keine Zeit, ihr Aydschas! Macht husch!«, schimpfte der Glühwurm. Das kleine, rosa Pferdchen fauchte beleidigt.

Ten brach der Schweiß aus.

»Bitte, so warte doch, kleines Licht! Ich kann nicht mehr!«

»Oh, doch, du musst!«, klingelte es in seinem Ohr. »Du willst der Hüter sein? Das kannst du doch wohl besser!«

»Ich will gar nicht der Hüter sein!«, protestierte Ten.

»Da wird man aber nicht gefragt!« Weg war sie. »Vorsicht mit dem Wasserfall! Höher, du Schnarchnase!«

»Höher!« dachte er. Die Blase reagierte postwendend, denn sonst wären beide in einen hellen, fast silbernen Wasserfall hineingerast. Ein ebenso silbriger Mond hing am violetten Himmel und eine Herde weißer Pferde galoppierte den Wasserfall hoch. Nun erst sah er, dass der Fluss nach oben floss. Auf der anderen Seite des Berges hatte sich ein Regenbogen gebildet und die ersten Pferde der Herde rannten ihn bereits hinunter.

Endlich entdeckte er ihn: Den Weltenbaum. Es war überwältigend und ihm blieb die Luft weg. Er beinhaltete alle Jahreszeiten Er blühte, trug glänzende Früchte und leuchtete in strahlenden Herbstfarben. An der nördlichen Seite glitzerte Reif in den Ästchen und Schnee wehte in kleinen Wirbeln über ihnen. Außerdem umwickelten ihn zahlreiche helle Lianen. Sie wirkten als bestünden sie aus Glas. Plötzlich begannen diese in phosphoreszierendem Licht zu glühen.

Dschaymalla konnte nicht ruhen, zu groß die Sorge um Slotti.

»Wir sind gleich da, Dschaymalla!«

»So kommt, meine Kinder! Slottis Lebenslicht leuchtet nur noch sehr schwach.«

11-Trudi -Verzettelt!

Nur langsam drang das Tageslicht zu mir und allmählich wurde mir bewusst, dass ich noch nicht tot war. Es wäre mir beinahe lieber gewesen, vor allem, wenn ich gewusst hätte, was nun auf mich zukäme.

Ich hatte einen ungewöhnlichen Traum gehabt. Ich war geflogen und Ten war da gewesen. Er hatte auch fliegen können. Es war ein schöner Ort mit Sternen überall. Rosa und weiße Wolken schwebten umher. Die Motte war auch da. Nur leider spürte ich auch die Gegenwart von etwas anderem, etwas bösem.

Seine Anwesenheit zog sich wie eine gottlose Geruchsspur durch diesen Ort.

Ich sah dieses dunkle Wesen und mich schauderte.

Es hatte keinen Körper an sich, bestand eher aus einer Art finsterer Aura. Dennoch war es gefährlich. Ich sah die glänzende Motte und das Ding biss zu. Sie fielen gemeinsam ins Bodenlose - sowohl der Räuber, als auch das Opfer. Ich schrie, aber ich konnte ihnen nicht folgen. Im Gegenteil, die Entfernung schien, je mehr ich es versuchte, eher größer zu werden. Sie versuchte es wirklich, war aber nicht in der Lage voranzukommen. Dann war da Ten. Er tauchte auf - wie aus dem Nichts - und er sauste in die Tiefe. Mein Herz setzte aus:

»Ten! Tu das nicht!«

Ich wollte zu ihm und ihm beistehen, allein ich konnte es nicht, denn ich wurde in der Wirklichkeit verlangt.

Mir schlug jemand auf die Wange, erst zart, dann fester. Ich zwinkerte. Natalia tauchte auf und war dann wieder fort. Irgendwie war es mir seltsam egal. Ich war mit meinen Gedanken bei Ten und der Motte.

Als jemand mich rüttelte, musste ich die Augen schließlich öffnen. Rus kniete vor mir. Er stank nach Tabak, ich grinste.

»Frag sie, wo der Junge ist!«, befahl Natalia. Sie rauchte eine Zigarette, die an einer langen Spitze befestigt war. Ihre Fingernägel waren knallrot, ebenso wie ihre Lippen.

»Wo ist der Junge, dein Freund?«

Sie hatten ihn also noch nicht gefunden. Das war gut, sehr gut sogar.

Rus zerrte mich an den Haaren hoch und ich weinte. Natalia hielt mir ihren Fingernagel unter das Kinn. Ich musste sie ansehen.

»Du sagst mir jetzt sofort, wo dein kleiner Freund ist, sonst stirbst du Negerkind! Und du stirbst langsam, dafür wird Rus hier sorgen! Oder Rus?«

Der Riese sah verdutzt aus, als er seinen Namen zum zweiten Mal hörte, reagierte er: »Sehr wohl, Chefin!«

Er fasste sich an seine große Stirn, in der fettige Haare hingen.

Der Don, stand hinter ihm: »Brauchst du n Aspirin?«, fragte er seinen Leibwächter. Der nickte.

Er gab ihm eine Tablettendose in seine große Hand.

»Sag mir, wo der Kleine ist!« Sie verstärkte den Druck an meinem Kehlkopf.

»Nein!«

Sie rüttelte mich und fing hysterisch an zu schreien. Dann gab sie mir eine Ohrfeige und die Wucht des Schlages ließ mich auf dem Perserteppich landen. Ihre Nägel hatten mir die Wange zerkratzt. Es brannte wie Feuer. Ich lag da und starrte sie an, wie sie in ihrer Wut herumfuchtelte. Plötzlich fand ich das ein bisschen witzig.

»Willst du etwa, dass ein kleines Mädchen stirbt?«, erkundigte sich die Anführerin zuckersüß. »Und wenn dieses Mädchen stirbt, dann stirbst auch du. Denn ich verliere sehr viel Geld. Ihr Leben ist mehr wert, als das der anderen. Viel mehr! Verstehst du das, du verstocktes Gör?«

Ich rieb mir meine geschwollene Lippe und schmeckte Blut.

Unbändiger Hass kam in mir auf, aber auch eine seltsame Stärke. Mit einem Mal hatte ich den Geruch des goldenen Pulvers wieder in der Nase.

»Ich werde dir niemals erzählen, wo Flio ist. Du bist nicht Gott, Natalia! Und ein Leben ist so viel wert, wie das andere!«

Sie hielt inne und ihr Mund blieb offen.

»Sag es mir, du kleine Zecke!«

»Niemals!«

Sie trat mich mit ihrem spitzen Schuh in den Bauch. Ich wusste nicht, wie oft. Schließlich begann ich Sterne zu sehen und der Blutgeschmack in meinem Mund wurde stärker.

»Mach mal halblang, Stiefschwester! Sonst kann sie dir gar nichts mehr sagen!«

»Gib mir ein Messer, Louis! Ich schneide ihr eigenhändig das Ohr ab. Sie wird schon reden! Ich habe schon ganz andere zum Reden gebracht. Erwachsene Männer zum Beispiel!«

»Ja, schon klar! Aber gerade ist sie ohnmächtig!«, bemerkte der Don.

»Rus, mach sie wach!«, befahl sie.

Ich spürte, wie mich große Finger an meinen Stiefeln griffen und dieser blöde Scheißkerl hob mich mühelos hoch. Ich hing kopfüber und Blut lief mir von der Nase in die Augen.

»Mädchen, werd wach! Werd doch mal wach!« Er schüttelte mich kräftig.

»Halt sie mal höher!«, zischte Natalia.

Er tat es und sie knallte mir eine. Aber obwohl sie einen richtigen Wumms hatte, ließ ich die Augen zu.

»Das gibt s doch gar nicht! Wo ist eigentlich
dieser Scheiß-Hutmacher?«

Das war mein Stichwort. Ich hing immer noch mit dem Kopf nach unten, machte plötzlich die Augen auf und sah Natalia entschlossen in ihr angemaltes, entsetztes Gesicht. Meine Hände schossen vor und schlossen sich um ihren Hals. Ich roch das goldene Pulver und ich drückte zu. Rus hatte gar nichts von meinen Angriff mitbekommen.

Er raffte es erst jetzt, als Natalia röchelte und um sich schlug.

Nur ich ließ nicht los.

Da segelte etwas Kleines aus meiner Tasche. Dem Leibwächter fiel nichts Besseres ein, als mich fallen zu lassen und Natalia fiel mit mir auf den Perser. Ein Papier flog in meinem Augenwinkel dem Don gleich vor die Füße. Natalia keuchte und stöhnte. Sie war knallrot.

»Na, wie gefällt dir das? Vielleicht nimmst du einfach dein eigenes Herz, das ist eh nix wert.«

Rus zerrte an mir, aber wir rollten wie irre über den weißen Teppich.

Plötzlich fiel ein Schuss und der Bann war gebrochen. Ich ließ sie los und erwartete den Tod. Natalia richtete sich zitternd auf. Der Don hielt eine schwarze Knarre auf mich gerichtet. Sie rieb sich den Hals und hatte einen Pump verloren. Der Don wollte sie anfassen, aber sie schlug seine Hand weg und humpelte Richtung Tür.

Dann bückte sie sich plötzlich und hob einen Zettel vom Boden auf.

Ich erkannte ihn wieder. Es war das Los des Hutmachers, das ich in der Kuppelhalle gefunden hatte. Sie faltete ihn gemächlich auseinander und stutzte.

Sie ging zurück zu ihrem Stiefbruder: »Sieh mal!«

Der hielt die Knarre in der Rechten und den Zettel in der Linken und las laut: »Lenni!«

»Wer ist Lenni?«, fragte er und wackelte mit dem Revolver.

»Er ist«, ich wischte mir das Blut von der Nase, »ein abgemagerter rothaariger Typ, der mit Ten in den Stollen arbeitet.«

»Sitzt er wegen der Lotterie im Bauwagen?«, wollte der Don wissen.

»Nein, das Los hat Ten getroffen!«, ich begann zu weinen und barg den Kopf in den Knien.

»Der Scheiß-Hutmacher hat die Auslosung manipuliert!«, stellte

Natalia fest. »Warum hat er das gemacht? Das darf er nicht. Wenn nicht der Richtige von den Hunden zerfleischt wird, dann bringt das Blut uns kein Glück für unsere Geschäfte.«

»Aber Schwesterchen, das bringt doch eh kein Glück! Das ist doch nur so ein Ammenmärchen!«, der Don lachte.

»Bringt es nicht?«, wunderte sich Rus.

»Gib mir die Knarre«, bat Natalia, »das mit der Kleinen erledige ich selbst!«

Ich sah nicht auf, ich hörte, wie sich der Hahn spannte und machte mich bereit, meinem Schöpfer entgegen zu treten.

Octavo

Die Kugel flog wie an unsichtbaren Fäden gezogen zu Dschaymalla. Sie hatte ein Bett aus Moos und Flechten bereitet. Als die Blase bei ihr war, löste sie sich auf und der leblose Slotti schwebte ihr in die Arme.

Der Weltenlenkerin war sehr seltsam zumute. In ihr war es leer und diese Leere schaffte Raum für einen riesigen, brennenden Schmerz.

In ihren Augen war es nass.

Der Schmerz wurde ein Vulkan und der brach aus. Sie schrie einen mächtigen Schrei, einen, den eigentlich nur eine Mutter ausstößt, wenn sie im Begriff ist, ihr Baby zu verlieren.

Er verstörte die Insekten und die Elfen, die kleinen Pelzlinge flüchteten tief in den Baum, die Flugpferde gerieten aus der Bahn und der Wasserfall unterbrach seinen Lauf.

Ten hielt sich die Ohren zu und sank auf die Knie. Er war ohnehin zu erschöpft, um irgendetwas anderes zu tun. Zitternd lag er da und sah diese beindruckende Frauengestalt, auf deren Augen die Asche Thebens ruhte, deren Arme knorrig wie Stämme wirkten, deren Haare Erde und deren Gesicht zeitlos schön war. Als der Schrei verhallt war, sah er das Glühwürmchen unbeirrt zu ihrem Ohr fliegen. Was sie ihr mitteilte, er wusste es nicht. Aber Dschaymalla entgegnete:

»Er kann hier nicht tot sein!«

Dann kroch eine mannshohe, silbrige Schlange an dem Jungen vorbei auf die Weltenlenkerin zu und während dieser ganzen Zeit würdigte sie Ten keines Blickes.

»Herrin«, zischte die Schlange, »lass uns das Pulver aus der Menschenwelt zurückrufen! Es kann helfen!«

»Es ist sehr stark, jedoch sehe ich, es ist die einzige Möglichkeit. Denn etwas Glut ist noch in ihm und wir müssen sie entzünden.
Nun komm denn, Schlange! Sei mein Schild und mein Schwert!«

Die Schlange war zum Stab geworden, Slotti schwebte. Alle Tiere, Wesen und Ten staunten. Denn nun sang Dschaymalla das Lied der Ewigkeit und damit rief sie das goldene Pulver aus der Menschenwelt zurück. Die Kelche der großen Blumen wiegten sich und schaukelten die Nympfen-Babys in den Schlaf.

Das goldene Pulver erhörte Dschaymallas Ruf. Es machte sich auf die lange Reise ihm zu folgen. Die Mambo fühlte sich erschöpft und fiel auf die Knie. Sie schloss ihre Lider, auf die mit der Asche Thebens Augen gemalt waren, um besser zu sehen. Doch Thebens Asche war auf ihrem ebenen Gesicht verschmiert und bildete ein verworrenes Muster der Trauer. Dschaymalla ruhte, Slottis Körper schwebte still und blass auf das Moosbett.

Die Tiere und Wesen Nodis verharrten. Der Stab war wieder zur Schlange geworden. Alle betrachteten Slotti und ein gemeinsamer Wunsch lag in der Luft: Ihn wieder plappern zu hören. Allein das tat er nicht.

Ten humpelte zu ihm und ließ sich bei ihm nieder. Der Kratzer an seinem Bein tat höllisch weh, aber in ihm brannte es stärker.

Er berührte die Motte. Er spürte, dass Slotti noch irgendwo da drinnen war. Sanft streichelte er das Tier. Für eine Motte war Slotti enorm groß, in etwa so wie eine Fledermaus in der Menschenwelt.

»Bitte!«, sagte er nur. »Bitte, komm zurück!«

Plötzlich stand ein Mädchen neben ihm, es war etwas kleiner, als er selbst und als er genau hinsah, da glühte sie irgendwie in einem warmen Licht. Sie setzte sich einfach hin und wischte die Tränen aus seinem Gesicht. Er drehte den Kopf weg.

»Hey, du kennst mich doch! Ich bin Eide, es tut mir leid, dass ich vorhin so schnell geflogen bin, aber es war echt eine Sache auf Leben und Tod!«

»Das ist es immer noch!«, meckerte ein dunkelhaariger Junge in seinem Alter. Er strahlte nicht. Eher umgekehrt! Er sendete unmissverständlichen Pessimismus aus.

»Das goldene Pulver wird kommen und es wird Slotti heilen und Tens Bein. Du hast einen Nachtmahr-Kratzer abgekriegt«, wendete sie sich an ihn.

»Ich kenne dich nicht!«

»Ich habe mit dir gesprochen, in deinem Kopf, weißt du nicht mehr?«

»Doch, doch, die Glöckchenstimme!«

»Ja!«, sie kicherte.

»Gestatten, das da ist Koljov, der Blödmann!«

»Haste jetz nich gesagt!« Koljovs dunkle Augen blitzten und er setzte an, ihr eine Kopfnuss zu verpassen.

»Hey!«, rief Ten dazwischen und er ließ es denn und warf ihr nur einen bösen Blick zu.

Sie lachte wieder: »Er ist ziemlich auf Krawall gebürstet, seit wir...seit wir...«

»Seit wir tot sind! Sag es doch nur, Eide! Es ist besser, wenn er es weiß!«

Ein großer, sehr schlanker Typ stand vor mir. Sein Gesicht war blass, seine Haare schwarz und seine Augen waren blau wie Saphire.

»Ich bin Lot«, erklärte er. Seine Stimme klang dunkel. Eigentlich zu dunkel, um einem Zwölf-oder Dreizehnjährigen zu gehören.

Ten kraulte die schlafende Motte, sein Mund stand offen, als er Lots Worte hörte. Dennoch beschloss er, dass ihn nichts mehr überraschen sollte.

»Sind wir...seid ihr...im Himmel?«

»Nein«, Eide kicherte, »dies hier ist der Ort der guten Träume. Manche, die noch nicht bereit sind, ins ewige Licht zu gehen, bleiben hier hängen. Manche gehören einfach hierher.«

Ein rosarotes Pelzwesen kam heran und schnupperte an Eides Hand, es nieste und beide lachten.

Das Tierchen und sie. Jetzt erst bemerkte Ten, dass das Mädchen durchsichtige, glitzernde Flügel, ähnlich denen einer Libelle, hatte.

»Bist du eine Fee?«, fragte der Junge.

»Ne, ich kann jedenfalls keine Wünsche erfüllen. Aber wenn man eine Zeit lang hier ist, dann reinigt sich die Seele und man beginnt - sagen wir einmal - sich anzupassen.«

Lot drehte sich um und zeigte ein paar halbwüchsige Flügel. Er grinste. Er schien nicht von der gesprächigen Sorte zu sein.

»Nur Koljov wird es wohl nicht schaffen hier zu bleiben. Er ist einfach zu negativ!«

»Entschuldigung, du dumme Trine: Sie haben mir das Licht ausgeblasen und mir das Herz rausgeschnitten. Und nun pumpt es in einem besser situierten Oberschicht-Bengel. Wenn das kein Grund ist, angepisst zu sein, Bitch!«

Koljov war kleiner, untersetzter und hatte einen dunklen Teint. Etwas war auch in seinem Inneren dunkel und er blitzte mich mit seinen Kohleaugen an. Dann trat er gegen eine Blume, die wie eine Ente schnatterte und sich wegdrehte.

»Hier ist alles lebendig, nur ich bin es nicht«, meinte er traurig.

»Nun, deine Gefühle scheinste ja noch zu haben!«, erwiderte Ten das Erste, was ihm einfiel, was ihm wahr und richtig erschien.

»He, wie meinste denn das, du Pappnase?«

»Ich meine, dass du deine Wut noch hast, sie ist nicht wie der Rest von deinem Leben verschwunden.«

»Da hast du recht!« Seine Miene hellte sich etwas auf.

»Danke, du bist richtig!«, stellte er fest und tätschelte Tens Hinterkopf. Dann setzte er sich hinter ihn in den Schneidersitz und betrachtete den ohnmächtigen Slotti. »Tut mir leid, dass der Kleine verletzt wurde. Ich mag ihn auch, er erinnert mich an meinen kleinen Bruder.«

Er fasste Tens Hand an. Seine Finger waren gar nicht so kalt.

»Haste in echt nen kleinen Bruder?«

»Ja, hab ihn aber schon drei Jahre nicht mehr gesehen. Ich habe auf dem Schrott gearbeitet, musste Kabel blankmachen - für den Don. Mein Bruder war erst drei. Er sortierte Blech. Manchmal spielten wir Autoklauen und da war er echt gut.« Ten nickte.

»In Sodom ist nichts wirklich gut, aber es war so gut, wie es sein konnte. Und ich war glücklich bei ihm zu sein. Eines Tages kamen sie und sie zerrten mich von ihm weg. Ich weiß noch, es war ein sonniger Tag, doch mein Bruder weinte Tränen.« Koljov zog die Nase hoch. »`Sei ruhig, sei tapfer!´, hab ich gerufen. Aber er war nicht ruhig und tapfer, er war drei und saß alleine im Sand. Ich habe mich widersetzt, den Hutmacher gekratzt und ihm auf die Brille gespuckt. `Hör auf dich zu wehren!´, hat er gezischt und auf meinen Bruder gezeigt. Oder soll ich ihn mitnehmen an deiner statt? Da war ich ganz zahm. `Es tut nicht weh!´, versprach er und das war das Einzige, was gestimmt hat. Dann sagte er: `Entspann dich, du kannst dich glücklich schätzen, denn dein Blut hat gematcht und dein Herz wird einem Kind, das sehr viel wichtiger ist, als du es bist, helfen.´

`Was ist gematcht?´, fragte ich, da lag ich schon auf eine Trage geschnallt und Leute in weiß waren um mich her.

`Nun, gematcht, Kleiner, bedeutet, es hat gepasst und das ist schon etwas Besonderes´, er hat seine Augengläser geputzt.

Sie haben mich gestochen. Neben mir lagen Eide und Lot in anderen Betten. `Versprichst du mir etwas, Hutmacher? `Was?´ `Verschonst du meinen Bruder?´` Mein Wort!´, hat er gesagt und dann schloss ich die Augen. Trotzdem habe ich immer meinen Bruder gesehen, wie er im Sand saß und weinte. Dann konnte ich fliegen.«

Koljov ließ den Kopf hängen. Ten drückte seine Hand und hatte einen sehr engen Hals. »Dieser Dreckskerl!«

»Aber das Wort des Hutmachers ist keinen Pfifferling wert und nun hat er doch den Kleinen auf dem Kicker und will ihm auch das Herz und das Leben stehlen«, bemerkte Lot.

»Und da kamst du ins Spiel«, trällerte Eide, »Koljov war der Meinung, du seist der Richtige.«

»Der Richtige wofür?«

»Nun natürlich, um die Kinder zu retten. Er hat uns doch überredet, dich zu kontaktieren.«

»Hat er!«, bestätigte Lot.

Da riefen knallbunte Insekten: »Das Pulver! Das goldene Pulver, es kommt zurück!«

Einige Pelzlinge murrten: »Das wird aber mal höchste Zeit!«

Das goldene Pulver hingegen - unbeirrt - wehte durch die Luft, erkannte die Dschaymalla und kitzelte sie an der Nasenspitze.
Sie nieste einen riesengroßen Nieser: »Rasch, Pulver, heile Slotti!«
Und sie bereitete einen großen Zauber und alle Tiere und Wesen in Nodi hielten inne und drückten die Daumen: »Um schedur - salar!
Schedumm, schedur, schedar. Nesha sche denndere!«

Das Pulver beschrieb Bögen um Slottis Bettstatt - immer enger und enger. Bald schloss es ihn, wie eine Kuppel, ein und hob seinen leblosen Körper hoch. Es sauste mit ihm Richtung Himmel und dann gab es einen Puff und eine Explosion wie bei einem Böller. Goldener Staub rieselte langsam auf die Anwesenden und Slotti landete sanft auf dem Moosbett.

»Nun können wir nichts tun als warten«, verkündete Dschaymalla.

12-Trudi - Falsches Herz

Ich machte meine Rechnung mit dem Herrn und hatte die Augen zu. Ich sah Flio vor mir, wie er zu Srill schlüpfte und mir zuwinkte.

»Tschüss!«, ich nahm Abschied von einer ungerechten Welt. All das tat ich, während Natalia mir den kalten Lauf vors Gesicht hielt.

»Mein schöner Perser, Natalia!«, jammerte der Don.

Da wurde die Tür aufgerissen. Der hässliche Hutmacher stand in ihrem Rahmen. Die Paronesse fuhr herum und richtete die Waffe auf ihn.

Er zuckte nicht mal, nahm seinen Hut vom Kopf und machte einen Diener[10].

In seiner Linken trug er einen weißen, bauchigen Metallkoffer.

»Hutmacher, du blöder Fatzke! Gib mir nur noch einen Grund und du hast ein Loch in der Stirn.«

Sie zielte auf ihn und drückte den Arm durch. »Das wäre aber sehr schade, denn dann könntest du das Herz treffen. Die Operation ist gut verlaufen! Also für den Kleinen nicht, aber für uns!«

»Gut verlaufen? Du hast das Herz?«

---

[10] eine Verbeugung vor einer Autorität

»Das wollte ich damit sagen. Willst du sehen?«

Sie ließ die Knarre sinken und ging zögernd auf ihren Handlanger zu.

Er öffnete den Koffer, kalter Hauch stieg auf. Der Don beobachtete sie skeptisch. Sie sah hinein und nickte. Der Hutmacher schloss das Behältnis.

»Es tut mir leid, dass ich so lange gebraucht habe, es kommt nicht wieder vor. Lass mich die Ware abliefern, Natalia! Du musst dich um nichts sorgen!«

Erst jetzt drang die Nachricht zu mir durch: Herz, Operation, Flio?

Tränen schossen in meine Augen und ich krümmte mich zusammen, ich hörte mich schreien und konnte nicht mehr aufhören zu zittern.

Natalia kam zurück und ich spürte den Lauf auf meinem Kopf.

Ich wiegte mich und weinte.

»Da war doch noch etwas! Siehst du, so geht es denjenigen, die sich mir widersetzen! Dein Freund ist tot. Der Arme und es war so ein gutes und treues Herz. Gott sei seiner Seele gnädig!«

Da kam etwas über mich. Ich wusste nicht, ob es das verhexte Pulver, ich wusste nicht, ob es Hass war und es war auch egal. Ich sprang auf.

Natalia erschrak, obwohl sie einen Kopf größer als ich war.

Sie ließ die Waffe an meiner Stirn und ich fasste ihre Hand an.

»Dann tu es doch!«, brüllte ich sie an. »Du bist eine Mörderin und auf mich kommt es doch nicht mehr an. Ich habe nichts mehr zu verlieren, denn ich habe verloren, was ich am meisten liebte.«

Ich drückte die Waffe fester an meine Stirn und spürte

sie zurückzucken und ihre Hand vibrierte.

»Tu es!«, schrie ich.

Der Don kam herbei. Ich starrte sie an.

»Schwesterchen, lass bleiben! Wir haben das Herz, lass uns feiern! Für das dahergelaufene Balg findet sich eine Lösung.«

»Sie hat es gewagt...sie hat es gewagt?«

»Ja, aber denk an meinen Perser!« Der Don griff um die Waffe herum, er löste meine Finger. Seine waren eiskalt, dann nahm er die Knarre an sich und er gab mir einen Rand, dem ich nichts entgegenzusetzen hatte. Ich weinte hemmungslos.

»Erschießen ist viel zu gut für dich, du kleine Schlampe! Rus nimm sie und kette sie in den alten Brunnen. Du kannst einen langsamen Tod sterben und alle sollen sehen, was mit einer passiert, die Natalia beleidig hat!«, sagte er zu mir gewandt.

Ich schrie und die Vögel flogen in der Kuppelhalle auf und schwirrten lautlos am Fenster vorbei. Ich bekam kaum mit, wie Rus und so ein ungepflegter Typ mich weg zerrten. Sie schleppten mich über den Platz, links am Bauwagen vorbei, auf eines der vielen kleineren Tore zu.

»Du kannst echt nicht die Fresse halten, Mädchen! Das ist eine sehr üble Angewohnheit.« Rus spuckte im Gehen auf den roten Sand. Der Bärtige, der einem Grizzly glich, zog ein zerknirschtes Gesicht. Sie schleiften mich mit den Füßen über den Boden. Die Kinder kamen, ob des Lärmes, angerannt und machten betroffene Gesichter. Sie sollten ruhig sehen, was hier für eine Ungerechtigkeit geschah. Lenny und Edda waren unter den Zuschauern.

Dann hörte ich auf zu kreischen und Rus war so überrascht, dass er und der Handlanger stehen blieben. Stille!

»Wisst ihr eigentlich, dass Natalia und der Hutmacher eure Organe an reiche Kundschaft verkaufen? Wisst ihr das?«, eröffnete ich den Umstehenden.

Edda hielt sich die Hand vor den Mund und Lenni wurde noch blasser, als er eh schon war. Rus drückte seine fette Hand auf meine Lippen. Ich hatte nichts zu verlieren und biss ihn. Er brüllte und ließ mich los. Ich schlug um mich und bekam kurz den anderen Arm frei.

»Das Nikolausritual ist gefakt[11]«, erklärte ich, »Lenni wurde ausgelost. Der Hutmacher hat nur deshalb Ten genommen, weil er schneller ist und eine bessere Show abliefert.«

Da sah ich den Hutmacher, wie er und Bosco sich an den beiden Bauwagen zu schaffen machten.

»Nein, nein!«

Edda war herangekommen, aber die beiden Handlanger hatten mich wieder geschnappt. Ich wollte Eddas Finger berühren.

Doch die Männer rissen mich weg. »Sag, Ten, dass ich ihn liebe!«, flüsterte ich.

»Mach ich!«, versprach sie mit Tränen in den Augen.

»Sie glauben, wir Kinder kennen die Liebe nicht, weil wir nichts wüssten über die Welt: Nicht über das Geld, die Werte und das System.

Aber ist nicht die Liebe desjenigen, der nur an die Liebe glaubt und von dem anderen nichts versteht am Ende mehr wert?

Sind es nicht die Erwachsenen, die nichts von Liebe verstehen, da sie am Ende nicht auf die wunderbare Vereinigung zweier Seelen vertrauen, sondern nur an ihre vollen Taschen und ihre Bequemlichkeit?«

---

[11] hier falsch oder absichtlich beeinflusst

Ich dachte noch an Ten, als Rus mir auf den Kopf schlug und mich in den Schwitzkasten nahm, so dass meine Füße nicht mehr den Boden berührten und mir die Sinne schwanden.
Erwachen würde ich wohl nie mehr und es war auch von mir nicht so geplant. Ich sah helles Licht und ging darauf zu.

Nonum

Das Land Nodi ruhte. Dschaymalla ruhte und mit ihr schlief der Wind. Die Blüten hatten ihre Blätter fest geschlossen, die Flügelpferde hatten ihre Nüstern unter die warmen Flügel gesteckt und das Wasser des Flusses Num, dessen Wasser unter den zwei Monden
violett schimmerte, floss nicht.
Daher gab es auch keinen Wassersprung.

Das war die Situation, in der Trudi in Nodi ankam. Aus unerfindlichen Gründen waren ihre Schuhe in der realen Welt verblieben und sie tappte mit nackten Füßen durch sehr feuchtes Moos. Das Wasser allerdings war nicht kalt, es war ziemlich heiß. Trudi wunderte sich, sie wusste nicht, wo sie war. Sie sah zum Himmel, um sich zu orientieren. Dort leuchteten viele Sterne, doch sie hielten nie still, sondern bewegten sich wie übermütige Kinder, die aus der Reihe tanzten. Ihr Blick fiel auf fluffige Baumkronen, sie schienen auch bunt zu sein.
Was man jedoch im Dunkeln nicht so genau erkennen konnte.
»Bin ich tot?«, fragte sie sich selbst ziemlich laut.
»Vielleicht ist dies das Totenreich und Flio ist hier«, dachte sie.

»Flio! Fli-ooo!« Dabei machte sie einen großen Schritt und ihr Fuß landete auf etwas Glitschigem. »Quoak!«, machte das Ding und flog weg. Trudi erschreckte sich, denn die Kröte war so groß wie ein Hase, hatte aber Flügel.

»Platsch!«, hörte sie weiter weg.

»Ich bin tot! Ich bin tot!«, murmelte das Mädchen. Es spürte mit einem Mal, wie fremde Augen auf ihm ruhten. Und es hatte das Gefühl, dies seien die Augen eines Raubtieres.

»Also, tot bist du nicht«, erklärte Trum, »denn die riechen anders.«

Der Druide rührte in einer heißen Seifenblasenquelle.

Das Mädchen hatte ihn zuvor gar nicht bemerkt.

Trudi starrte Trums spitze Ohren an. Sie wäre beim Anblick des Elfen beinahe umgekippt. Er ging ihr etwa bis zur Brust, war allerdings nicht so stämmig, wie man sich einen Zwerg vorstellt, sondern eher schlank und drahtig. Er hatte einen perfekt gepflegten, grauen Bart und steckte von oben bis unten in einer Wildlederkluft.

»Was machst du da?«

»Ich braue Seifenblasen, sogar die Besten!«

»Okay!«

»Und was machst du da?«, wollte der Druide wissen.

»Ich weiß es wirklich nicht. Rus hat mich in einen Brunnen geworfen und dann war ich plötzlich hier«, antwortete Trudi wahrheitsgemäß.

»Das geht vielen so!«, der Elf nickte.

Er war sehr schön. Vielleicht nicht im üblichen Sinn der realen Welt, Trudi jedoch spürte, dass er innerlich warm glühte.

»Ich kann in dein Herz sehen!«, stellte sie überrascht fest.

»Du kannst vieles, von dem du noch nichts weißt!«

Trum trat zu ihr und spuckte auf seinen Zeigefinger, dann rieb er mit der Spucke über ihre Wange. »Hey!«

»Du hast ja das goldene Pulver inhaliert«, er lachte, »du bist mir ja eine!«

»Wo sind denn die anderen, die so wie du sind?«, erkundigte sich das Mädchen.

»Sie sind drüben im Dorf und feiern«, Trum zog den Stab aus dem Sud.

»Was feiern sie denn?«

»Sie feiern sich selbst und das Leben. Das sollten eigentlich alle tun. Trotzdem rühre ich lieber.«

»Das Leben? Mein kleiner Freund ist tot. Er wurde umgebracht.«

»Aber Mädchen, nichts stirbt doch für immer. Es ist nur wie

ein Übergang, als ob aus Schnee Wasser wird und aus dem Wasser Nebel. Im Grunde ist das alles eins. Wir sollten alles achten, weil alles nebeneinander existiert und das auch noch gleichzeitig.«

»Das verstehe ich aber nicht und es macht mich so traurig.«

Trudi weinte.

»Du hast ja Tränen!« Der Elf war sehr entsetzt. Er fing eine mit dem Finger, auf dem vorhin noch die Spucke drauf war, aber nur vielleicht und dann leckte er daran.

»Bäh!«

»Ich schmecke, dass du nicht für immer weinen wirst.« Er lutschte theatralisch an dem Finger, als verkoste er gerade einen Riesling.

Trudi lächelte ein wenig. »Na, siehst du!«

Er nahm sie bei der Hand. »Komm mit zu meinem Platz, ich werde etwas für dich brauen. Das hier lass ich noch ein wenig brodeln.

Zögerlich folgte Trudi dem Druiden. An seinem Platz gab es eine Feuerstelle. An drei Stämmen hing ein Riesentopf über den Flammen.

»Setz dich!«, er zeigte auf ein Fell neben sich.

»Du solltest zu Dschaymalla. Sie kann dir das Leben-Tod-Ding am besten erklären. Du kannst doch fliegen. Oder?«

Sie schüttelte den Kopf. Er fasste ihr, wie einem kranken Kind, auf die Stirn.

»Doch, doch! Du kannst fliegen. Du hast sogar ein wenig Flugfieber.«

Er zögerte und wackelte mit dem Kopf.

»Natürlich!« Trum sprang auf und warf einige Kräuter in den Topf. Es zischte. Dann rührte er: »Schedamm, Schedij, Schedar... Ich braue dir einen Guten-Flug-Trank. Nezij, Nezamm, Nezar... Damit wirst du schon tüchtig fliegen.«

»Ich mag dich, Trum! Aber Ten, den mag ich mehr!«

»Verstehe!« Trum schöpfte mit einer Kelle den knallroten Trank in eine Holzschale. Er reichte sie Trudi.

»Bring mir lieber nen Kaffee! Ich bin auf einmal so...so...müde!«

Sie nippte an dem Trank. »Eigentlich sehr schmackhaft!«

Sie pustete und schlürfte. »Ich muss kurz ein bisschen ausruhen!«

»Trudi-Mädchen, du darfst nicht so lange schlafen. Wer zu lange hier schläft, behält einen Teil von Nodi in sich«, warnte der Elf.

»Nur ein Viertelstündchen!«

Sternschnuppen-Schwärme zogen über den

wunderschönen Nachthimmel:

»Schau die Löwenhörnchen!«, zeigte Trum.

Doch Trudi schlief. Er deckte eine Flickendecke über sie.

»Ich wünsche mir für dieses Kind Stärke und Glück!«

»So soll es sein!«, raunte der Wind.

Als die Morgenröte das Tal in allen Farben leuchten ließ, schüttelte der Druide das Mädchen. Nur langsam kam sie zu sich.

Sie sah ihn seltsam verstört an. »Da, nimm noch n Schluck!«

Er bot ihr noch etwas Trank an.

Trudi streckte sich. Alles war hier so anders und die Luft vibrierte irgendwie.

Der Trank schmeckte sehr gut. Nach allen Früchten im Garten, nach Liebe und nach Mut.

»Ich kann nicht mit und nicht ohne Trank fliegen, Trum!«

»Doch, du kannst das. Das goldene Pulver hat dich gefunden. Also flieg!«

Sie wollte ja, aber es war nicht so einfach.

»Denk an diesen Ten und wie du zu ihm willst. Denk an das goldene Pulver!«, empfahl Trum.

Trudi versuchte es, sie hob die Arme mit den Flicken am Ellenbogen der Bluse, mit den zerrissenen Rändern zum orangefarbenen Himmel, wo, wie Blut in einem Papiertuch, das Rot des Horizonts heraufkroch.

Sie dachte an Ten und die Sehnsucht in ihrem Herz begann zu glühen, dann loderte sie und das Mädchen roch das Pulver. Ein einzigartiges Kribbeln erfüllte und umhüllte sie, sie schloss die Augen. Als sie sie wieder öffnete, sah sie auf Trum und die bunten Bäume des Zuckerwaldes hinab. Der Wind wollte sie mitnehmen und sang ein leises Lied. Der Wassersprung sprang wieder, der Regenbogen war aufgetaucht und die weißen Pferde galoppierten auf ihn zu. Es roch überall nach Zuckerwatte und es war unglaublich. Anfangs hatte Trudi noch Probleme mit der Steuerung ihres Fluges. Sie musste sich erst daran gewöhnen, dass sie die Flugbahn mittels ihrer Gedanken bestimmen konnte. Einmal ging es weit hinauf, dann wieder steil bergab und im Kreis. Aber nach einer Weile wurde es leichter, so wie alles nach einer Weile leichter wird.

Gerade sauste Trudi über den Wassersprung. Da sah sie auf der anderen Seite den Weltenbaum. Der Ausblick war atemberaubend. Sie genoss den Moment. Doch etwas Böses war ihr auf den Fersen. Wie viele böse Dinge benötigte es keinen Körper. Man nannte es Zweifel. Der Zweifel hatte das Kind die ganze Zeit beobachtet und nun in dem Moment der Verzückung schlug er zu und schlich sich in sein Herz.
»Du«, zischte er, »vergnügst dich hier und Flio ist tot! Ist das etwa richtig?«

Natürlich hörte das Mädchen die böse Stimme und ihr Herz wurde schwer. Es saugte sich mit dem Übel voll wie ein Schwamm. Mit so einem schweren Herzen kann man aber nicht fliegen und sie sackte ab. Knapp verfehlte sie die Felsen neben dem Wassersprung und torkelte Richtung der Baumwipfel des Zuckerwaldes.

»Nein, ich habe es nicht vergessen, dass er tot ist. Doch es ist nicht meine Schuld.«

»Nicht deine Schuld? Nicht deine Schuld? Natürlich ist es deine Schuld, denn du hast ihn nicht gerettet«, die üble Stimme lachte.

Trudi stürzte immer weiter und beinahe war es zu spät.

Dschaymalla hörte die Unterhaltung und mischte sich ein:

»Fort mit dir, du böser Geist! Hier habe ich das Sagen! Lass ab von dem Kind!«

Das Böse stöhnte und ließ los. Denn am Ende und ganz am Ende wird immer das Gute gewinnen. Man muss nur fest daran glauben.

Der Zweifel ließ Trudi los und etwas stoppte ihren Fall. Hiernach stieg sie stetig wieder auf und sie sah den Bösen, wie er sich von dannen machte. Wie dunkler Rauch suchte er seinen Weg.

Da rief das Kind: »Ich bin nicht schuld an der Ungerechtigkeit der Welt. Denn ich bin nur ein Kind und kämpfe auf der Seite des Guten.«

Dem hatte der Zweifel nichts entgegenzusetzen und er verpuffte im Licht des heranbrechenden Tages.

Dschaymalla jedoch rief sie und sie folgte dem Ruf:

»Komm zu mir, Kind! Komm in die Geborgenheit des Weltenbaumes!«

Die allmächtige Mambo saß und bewachte Slotti. Mit ihm bewachte sie die Gerechtigkeit der Welt. Trudi landete etwas zu stürmisch und fiel auf die Knie. Da trat jemand zu ihr und reichte ihr die Hand. Als sie aufsah, konnte sie es kaum glauben: »Ten, du hier!«

Sie fielen sich in die Arme und er gab ihr einen Kuss auf die Wange.

»Du riechst fruchtig und nach dem goldenen Zeug.«

»Und du lebst!«

»In Wirklichkeit sitze ich noch in dem Bauwagen. Aber ich habe einen Plan dem Tod zu entgehen. Ich habe nämlich gewisse Fähigkeiten. Ich kann mit Tieren sprechen - auch mit Hunden.«

»Echt? Ich kann fliegen.«

»Das kann doch jeder«, Ten grinste. Sie schlug nach ihm.

Jetzt erst sah Trudi den ohnmächtigen Slotti.

»Was ist mit ihm?«

»Ein Nachtmahr hat ihn in Sleldel verletzt. Er wollte ihn fressen«, erklärte Ten.

Da mischte sich die Dschaymalla ein: »Ten ist ein Held. Er hat Slotti geholfen und ihn nach Hause gebracht.«

Der Junge wurde rot und drehte sich weg. So sah er nicht, wie jemand sehr Wichtiges hinzutrat.

Die Umstehenden und auch die Tiere spürten seine Gegenwart und verneigten sich tief. Ten kribbelte der Nacken. Als er sich umwandte, erschrak er, denn vor ihm stand ein riesiger Hirsch mit dem Körper eines Mannes. Das Geweih trug er, wie eine Krone, mitten auf dem Kopf.

»Dschaymalla!«, er deutete eine Verbeugung in Richtung Mambo an.

»Zum Gruße, Hoenir![12] Du hier?«

»Ich hörte, es hat sich etwas Schlimmes zugetragen und wollte nach meinem Sohn sehen!«, verkündete er mit sonorer[13] Stimme.

Gerade beugte er sich über Slotti und sein schimmerndes Geweih berührte den verletzten Flügel. Da fuhr ein kleiner Wind durch die Luft und ließ das goldene Pulver herum wehen. Ein Zipfel des Wirbels geriet in die Nase des Gottes und er nieste kräftig: »Ha-ha-hatschi!«

Unabsichtlich piekte er die Motte mit einem Ende seiner Krone.

Alle erschraken.

---

[12] In der Im-Wald-Trilogie 2 ist Hoenir ein mächtiger Waldgott mit Ecken und Kanten.

[13] wohlklingend

Stille über Nodi. Hoenir richtete sich traurig auf.

Mit einem Mal ertönte ein: »Aua!«

»Slotti?«, rief Dschaymalla.

Die Motte machte die Augen auf: »Papa! Mein Papa!«

»Sohn!«

»Du bist vertraubelt spät!«

»Entschuldige!«

»Papa?«

»Hast du mich lieb? Hast du mich lieb, obwohl ich nur eine Motte bin?«

»Ja, ich hab dich lieb und wie man aussieht, ist doch ganz egal.

Du hast das Herz eines Drachen.«

»Wir haben dich alle lieb, Slotti. Alle, alle, alle!«

»Meine Mambo Mama! Hurra!« Er flog zu ihrem Gesicht und gab ihr auf die verschmierte Asche Thebens einen Kuss.

»Hast du geweint?«

»Ich glaube nicht!«, log die Mambo.

»Ttt-ttt!«, Slotti schüttelte den Kopf. »Bin wieder da! Vertraubelt!«

Er flog hoch und sein Flügel war heil. Außerdem hatte das Pulver ihn über und über golden gemacht.

13-Ten - Das Ritual

Es gibt manche Dinge und derer gibt es viele, die sind sehr ungerecht. Ich dachte an das Arm-Reich-Ding und daran, dass manche uralt wurden und andere als Baby starben.

Wer sollte da einen roten Faden erkennen? Vielleicht gab es auch keinen.

Wahrscheinlich war Gerechtigkeit an sich nur ein Märchen, ein Silberstreif am Horizont, an den wir Menschen gerne glauben wollten, ihn aber nie erreichten.

Als ich von dem Kratzen und Fiepen der Hunde aus meinem unfreiwilligen Schlaf gerissen wurde, gingen meine Gedanken zu Dschaymalla, der Weltenlenkerin und daran, dass eben diese extreme Niedertracht, allein vom Hutmacher verursacht, sie auf den Plan gerufen hatte. Ich streckte meine Glieder.

Doch war Dschaymalla wahr? Gab es Slotti, eine Motte, die in der Lage war, zwischen den Welten zu wählen? Einige mochten sagen, es seien nur die Ausgeburten der Fantasie eines dem Tode geweihten Jungen Vielleicht! Und dennoch, für mich gab es sie und ich hatte das unbestimmte Gefühl, dass meine neuen Freunde mir beistehen würden.

»Vorsicht Schnuffel-Bruder, der Bösling kommt! Ich, Srom, rieche.«

Ferro bellte, mit seiner beeindruckenden, dunklen Röhre:

»Was tun, Ten? Ich, Ferro, höre!«

»Wir spielen fangen. Ihr tut so, als ob ihr mich jagt und wenn ihr mich beinahe habt, dann schnappen wir uns den Scheißkerl von Hutmacher und ihr bekommt eure Belohnung.«

»Wuhu, ich fresse Scheißkerl und fresse Belohnung. Ich, Aggi, darf ich?«

»Mir egal!«

Da trat jemand gegen die Tür, dass sie aufsprang.

»Wenn man vom Teufel spricht«, meinte ich.

Bosco stand hinter ihm, er hielt einen weißen Koffer.

»Gestatten«, der Hutmacher vollführte eine ausladende Geste mit seinem Zylinder, »Henkersmahl muss ausfallen, ich ziehe das Ritual vor und ich hoffe, du enttäuschst meine zahlenden Gäste nicht.«

Er kam zu mir und bückte sich. Dann zerrte er mich am Kragen meines zu großen, schmutzigen Hemdes auf die Füße.

»Mach ne schöne Show, mein Lieber! Ich selbst habe das Bedürfnis diese Location zu verlassen. Doch dann wirst du nicht mehr unter den Lebenden weilen.«

Ich starrte ihn an und er zwinkerte.

Bosco wurde nervös: »Boss, wird Zeit!«

»Moment noch, ich muss unseren Freund gebührend verabschieden.«

Ich musterte ihn ohne Hehl und er zog mir das Hemd gerade.

Diese Berührung ließ mich brennen und ich fühlte die Kraft des Pulvers. Ich sah mein eigenes, dreckiges Gesicht in seiner gelben Brille.

»Du weißt es, oder?«

Ich rührte mich nicht.

Er schüttelte etwas den Kopf und tätschelte meine Wange: »Du bist nur ein dahergelaufener, kleiner Pisser ohne Zukunft und ohne Vergangenheit und du weißt es doch. Du sollst auch wissen, dass ich es beinahe bedauere, dass du es sein musstest. Jedoch du musst verstehen...Lenni hätte es doch keine zehn Sekunden gegen die Meute geschafft und ich brauche Zeit. Und du warst von Anfang an anders. Verstehst du? Deswegen musstest du es sein. Und ganz im Ernst, Junge: Das hier...«, er mache eine halbe Drehung, »...ist doch eh kein Leben für einen wie dich!«

»Nur zu! Soll mir recht sein!«

»Bosco?«

Der kleine, pummelige Handlanger kam herein, er hatte ein Glas in der Hand und ohne Vorwarnung schmierte er mir etwas Kaltes, Glitschiges in die Haare und ins Gesicht. Dann goss er mir den Rest über das Hemd und kicherte: »Ist nicht vom Mensch! Ist Schwein!«

Es stank furchtbar, es war Blut. Ich wollte mich wehren und mein Gesicht spiegelte sich blutig in seiner gelben Brille.

Da zog der eine Pistole mit ungewöhnlich langem Lauf und hielt sie mir unter die Nase, während er rückwärtsging.

»Ganz ruhig, heb dir das für die Hunde auf!«

»Du Drecksau!«, ich spuckte ihm vor die Füße.

»Arrive derci!«, er lupfte den Hut und war weg.

Ob mein Plan funktionieren würde? Er war zumindest gewagt.

Langsam ging ich zum Eingang des Wagens. Meine Knie waren ganz weich. Ganz Sodom war versammelt, ich sah Lenni und Edda und all die anderen Kinder. Am offenen Fenster des ersten Stocks standen Natalia und der Don.

Dann erklang ein Horn. »Renn, Ten!«

Und ich rannte. Meine nackten Füße flogen über den roten Sand, da hörte ich Aggi heulen. Es ging los.
Das Blut flog von mir ab und legte eine Spur. Leider musste ich feststellen, dass sie das große Tor verrammelt hatten und hinter der Absperrung standen Natalias Schergen und lachten sich eins.

Ich versuchte mich zu konzentrieren und die Hunde zu beeinflussen, Aber ich schaffte es nicht, denn sie waren im Jagdmodus. Auch Klein-Srom war voll dabei. Er heulte hell. Ich wusste nicht, ob sie mich überhaupt erkennen würden, denn mein eigener Geruch wurde ja vom Blut überdeckt.
»Fleischsack blutet, ist verletzt, wird leichte Beute!«, hörte ich Taita.
»Ich, Aggi, bin erster und mache ersten Biss!«
Ich drehte mich um und sah den Hutmacher vom Dach des Bauwagens steigen. Leider hatte Aggi recht, er würde wirklich der Erste sein, wenn er so weiter flitzte.

»Nein, Leute! Nein! Erinnert euch doch. Ich bin es Ten! Denkt an euer Versprechen!«
Es war schwer für mich, Gedanken zu senden und gleichzeitig zu laufen.

»Was ist Versprechen?«, fragte Ferro.

»Versprechen ist, wenn man etwas so macht, wie man es vorher sagt. Das ist Ehrensache.«

»Ehre hab ich gehört, hab ich versucht, bin ich nicht satt geworden.«

Wo er recht hatte, hatte er recht!

Die Hunde waren so nah und ich begann zu pumpen.

Die Zeit in dem Wagen hatte mir zugesetzt.

Da erkannte ich ihn. Es war Slotti. Er war wunderschön und golden, obwohl er hier in der Menschenwelt kleiner wirkte.

Er flog auf eines der dicken Rohre, das von der Kuppelhalle in die Fabrik führte. Dieses stieg etwa fünf Meter steil an und war auf Höhe des ersten Stocks ein Paar Meter waagerecht an der

Mauer angebracht. Ich änderte die Richtung, erreichte es und versuchte mich mit den Händen hochzuziehen und mit den Füßen hochzuschieben. Ich war etwa eineinhalb Meter weit gekommen, da merkte ich, es würde nicht reichen, denn Aggi schoss voran und hinter ihm Klein-Srom.

Er war ein riesiger, heller Hütehund mit beeindruckendem Gebiss.

Er setzte zum Sprung an:

»Empfange meine Zähne, du Happen!«

Ich zog mich verzweifelt hoch, das Publikum schrie.

Da stieß Slotti herab und machte genau auf Aggis linkes Auge einen Sturzflug. Seine Zähne klackten nur wenige Zentimeter an meinem Knöchel vorbei. Aggi fiel und wimmerte. Srom blieb stehen und jaulte. Er war ein kleiner Bernersennen-Mix.

»Flug-Ding haut Aggi auf Auge. Aggi blind, wuhuu!«

Slotti flog vor mir her. Ich hatte Halt und kletterte vorsichtig auf das wackelnde Rohr. Nun konnte ich verschnaufen und mich auf die ebene Stelle setzen.

Ferro und Taita waren angekommen. Gemeinsam sprangen sie an dem Metall hoch und kratzten und bellten, was das Zeug hielt.

Srom leckte Aggis Auge. Das Metall gab bereits nach und ich bemerkte, wie die Halterungen, die in der Wand steckten, sich durch die Bewegung lösten. Nun konnte auch ich einmal durchatmen und fasste einen klaren Gedanken.

»Hört mich, ich bin Ten. Ihr habt versprochen, den Hutmacher zu jagen. Ich gebe euch essen.«

Taita stutzte: »Ja, Taita weiß, aber du riechst so gut. Ich rieche Blut.«

Slotti flog hoch, denn die Lage wurde ernst und obwohl ich die Magie des Pulvers spürte, hatte ich Angst.

»Ich rieche Blut und Angst. Köstlich!« Das war Ferro, er war ein Schäferhund mit ziemlich dunkler Musterung.

Taita schien eine Art schlanker Bordercollie zu sein.

Da hörte ich Slottis Worte in meinem Kopf. Das war als das Rohr zu beben begann und seltsame Stöhnlaute von sich gab.

»Ich bin Slotti, der Mittler zwischen dem Diesseits und der Anderswelt, Nodi. Mein Vater ist ein Gott, meine Mutter eine mächtige Mambo. Hört meine Worte und seid still!«

Slotti war überzeugend und sein Senden stark.

Die Hunde verstummten, die Zuschauer ebenso.

»Ten ist mein Freund und ich befehle euch, ihn zu verschonen. So spreche ich, Sohn eines Gottes.«

»Was ist Gott?«, erkundigte sich der Welpe.

»Gott ist riesengroß und wild und hat viele scharfe Zähne.«

Der Welpe versteckte sich hinter Aggi.

»Was sollen wir tun?«, fragte Ferro.

»Jagd den Hutmacher und bringt ihn zur Strecke!«, befahl die Motte.

»Wie ihn erkennen?«, wollte Taita wissen.

»Auch er und sein übler Begleiter riechen nach Blut. Sie haben einen Koffer mit einem blutigen, frischen Herz darin. Folgt der Spur!«

In diesem Moment röhrte das Metall wie ein brünftiger Hirsch und ich ahnte, was kommen würde. Es kippte einfach mit mir um

und zersprang in viele Teile.

Ich selbst landete genau vor Aggi auf meinem Hosenboden.

»Ich Hung-garrr, Mensch!« Seine Schnauze kam mir sehr nah.

»Du bist der gefangen war. Warum das Blut?«

»Das ist ein Trick, vom Hutmacher«, als ich blinzelte, sah ich lauter spitze Reißzähne. Ich machte mir beinahe in die Hose und verbarg mein Gesicht in den Händen. Ferro und Taita schnuffelten an mir.

Die Zuschauer hielten den Atem an, es war sehr still.

Alle erwarteten das Gemetzel vom letzten Jahr. Ein Kind weinte.

»Blut alt und falsch, ich, Taita, rieche Verrat.«

»Kommt jetzt, Hunde! Folgt mir, der Hutmacher hat euch betrogen, er sperrte euch ein! Soll ich ihn euch zeigen?«

»Jaaaaa! Zeig ihn uns!«, bellten die Hunde wie aus einer Kehle.

Slotti flog voran und die Kinder in der Halle staunten, weil nun hetzten sie durch die Halle und folgten kläffend einer Motte.

Slotti kannte seinen Weg.

Denn der Hutmacher, der wirklich sehr, sehr böse war hatte einen Fehler gemacht. Wie viele sehr, sehr böse Menschen hatte er sich überschätzt. Und wie fast alle anderen, war er neugierig gewesen, wie es ausginge. Er hatte etwas Weg hinter sich gebracht, beobachtete jedoch im Schatten der gedrängten Bretterbuden das Geschehen.

Als er erkannte, dass die Motte und die Hunde ihn jagten, warf er Bosco, den Koffer mit dem Herz darin in die Arme und begann zu laufen.

Nur lange, dürre Hutmacher laufen nicht so schnell wie ich und schon gar nicht so schnell wie ausgehungerte Hunde.

Leider sah ich nicht sein entsetztes Gesicht und nicht, wie seine Brille flog.

Zu viel Tumult war um mich herum und ich hatte mich bei dem Sturz vom Rohr am Fuß verletzt. Außerdem zitterte und weinte ich und hatte das Gefühl, ich könne nie wieder aufstehen.

Dem aber war nicht so.

Jemand kam und hielt mir eine kleine, zarte Hand hin.

»Ten, alles wird gut.« Ich sah auf, alles war verschwommen.

Ich griff zu. Es war ein Mädchen mit halblangem, dunkelblondem Haar.

»Ich bin Edda, Trudis Freundin. Ich helfe dir!«

Ich musste furchtbar aussehen mit all dem Blut und den Tränen.

»Ich soll dir sagen, dass Trudi dich liebt.« Sie stützte mich.

Nun ging ich in Richtung Bauwagen. Sie lagen etwas erhöht auf einem Podest und man konnte das Geschehen gut überblicken. Die Jagd der Hunde war wie ein Unfall und ich musste hingucken. Aggi brachte gerade Bosco zu, indem er ihm in den Rücken sprang und dann in den Nacken biss, zu Fall.

Bosco schrie wie am Spieß. In seiner Angst zielte der Hutmacher schlecht. Er erwischte nicht den angreifenden Hund, sondern seinen eigenen Kompagnon mit einer Kugel am Kopf. Nun war Ruhe.

»Eins!«, zählte ich.

»Was zählst du?«

»Diese Waffe hat nur fünf Schuss!«

Der Hutmacher rannte weiter. Er war am äußeren Rand des Hofes angekommen und rüttelte an Türen, doch keine gab nach.

Er schoss auf ein Schloss.

»Zwei! Drei!«

Taita sprang ihm an den Arm, mit dem er die Waffe hielt. Er schüttelte sie ab, sie winselte. Da hing Ferro ihm plötzlich am linken Ärmel und er zielte auf ihn und erwischte ihn am Ohr. »Vier!«

Der Schäferhund ließ ab.

Nun aber trat Klein-Srom auf den Plan: *»Du Bösling, ich fress dir!«* Slotti attackierte den Alten nach Kräften. Ich hörte nicht, was er von sich gab. Dafür war die Distanz zu groß. Doch mich erreichten die Gedanken der Meute. Aggi jaulte: *»Nein, Srom! Gefahr!«*

Leider war es zu spät. Klein-Srom biss dem Hutmacher in die Wade, der schleuderte den Kleinen einige Meter von sich, dass er dort liegenblieb. Nun nahm der Verbrecher den winselnden Welpen ins Visier.

»N-n-n-ei-ei-ei-n-n!«, schrie ich über die Köpfe des Publikums.

Und der Hutmacher erkannte mich. Mit wutverzerrtem Gesicht hob er langsam die Waffe und richtete sie in meine Richtung, obwohl die Kugel mich nie würde über diese Distanz erreichen können. Da sprang Aggi, der große Hütehund, ihm auf die Brust, dass er nach hinten fiel. Aggis riesiges Maul schloss sich um seine Kehle und ein letzter Schuss ertönte.

»Fünf!«, zählte ich unwillkürlich.

Die Vögel flogen lautlos durch das Loch in der Kuppel. Edda drückte meine Hand und ich ließ den Kopf sinken. Tränen traten in meine Augen und zogen Spuren im getrockneten Blut auf meinen Wangen.

Klein-Srom schubste Aggi mit seiner Schnauze. Jedoch stand der nicht mehr auf. Er nicht und der Hutmacher auch nicht. Der Hütehund, Aggi, war als Held gestorben. Ich und Edda rannten hin.

»Aggi? Aggi?« Ich berührte sein struppiges Fell. Ich drehte den Hund mit einiger Mühe herum. Er hatte auf Brusthöhe einen großen, roten Blutfleck. Ich kniete mich neben ihn und legte den Kopf in sein Fell.

»Das hätte nicht sein müssen, Großer! Das Arschloch hatte nur noch diese eine Kugel!«

Ferro kam heran. Sein Ohr blutete und war gespalten:

»Aggi treuer Jäger, wollte Welpen schützen. Bösling tut keinem Welpen mehr weh!«

»Ja, da hast du recht!«

Klein-Srom jaulte: *»Großbruder soll aufstehen, steht nicht auf!«*

Slotti flog neben mich und auch er schien traurig:

»Er ist tot und Baby lebt. Das ist das Leben-Tod-Ding in eurer Welt.«

»Ja!«, ich wischte mir mit dem Ärmel über die Nase und der ganze Stoff war rot.

»Aber du, Ten! Du weißt nicht alles. Schau her!«

Slotti berührte den Toten mit seinem Fühler.

»Das ist nett, dass du mich aufmuntern willst, aber lass gut sein!«

Da wurde ich Zeuge von etwas sehr Ungewöhnlichem. Aus Aggis Körper löste sich etwas, es war durchscheinend wie eine Gardine und sah wie der Hütehund selbst aus.

»Was los?« Es war Aggis Stimme.

»Rudel weint, warum?«

Ich rieb mir die Augen: *»Aggi?«*

»Freund-Mensch! Warum weint Taita, warum Ferro? Bös-Mensch ist tot, ich, Aggi, ihn umgelegt!«

»Das Problem, mein Großer, du bist auch tot.«

Der Geist sah unschlüssig auf seinen Körper: *»Ich, Aggi, tot? Nein!«*

»Leider doch, Großer! Aber du hast den Kleinen gerettet. Das war erste Sahne!«

Er kam zu mir, rieb seine Schnauze an meiner Hand und ich spürte ihn.

»Die anderen sehn Aggi nicht, du aber!«

»Ja, wegen dem Pulver. Es ist magisch!« Ich streichelte ihn.

»Was jetzt? Kann nicht jagen so!« Aggi legte sich neben seinen Körper.

Slotti mischte sich ein:

»Flieg mit nach Nodi, dort ist es vertraubelt schön!«

»Kann nicht fliegen! Bin nicht Flug-Ding!«

»Meinst du? Dann pass einmal auf!«

Slotti berührte den Hundegeist am Rücken.

»Kribbel-krabbel.«

Aggis Geist drehte sich um sich selbst und schüttelte sich. Mit einem Mal entfalteten sich wunderschöne Flügel.

»Aggi Flug-Ding! Aggi Flug-Ding! Hurra!« Aggi wedelte mit den Flügeln. Sein Schwanz kreiselte wie ein Propeller.

»Ja, probier mal!«, spornte ihn die Motte an.

»Slotti, wer bist du eigentlich wirklich?«, fragte ich meinen kleinen Freund.

»I-i-i-ch?«, antwortete er unschuldig. *»Ich bin doch nur Slotti, Sohn eines Waldgottes und der Weltenlenkerin.«* Er putzte seine Fühler. *»Meine Aufgabe ist erledigt, ich nehme den Hund-Held mit. Es wird ihm in Nodi gefallen.«*

»Ja, ich sehe es!«

Aggi hatte schon abgehoben und sauste zu seinen Freunden:

»Taita, Klein-Srom, ich fliege!«

Er rieb seine Schnauze zum Abschied an ihren und rief:

»Tschüss Mensch-Freund!«

Dann war er schon hoch in der Halle.

»Er ist ein vertraubeltes Naturtalent!«

»Ja, das ist er! Bis dann Slotti!«

Der Hutmacher aber starrte den beiden mit leeren Augen nach, bevor die Hunde ihn wegschleiften.

14-Trudi - Der Horizont und das Licht

Ich lag in kaltem, modrigem Wasser. Mein Körper war unterkühlt und verletzt, aber meine Seele war noch in Nodi, diesem wunderschönen Ort hinter dem Vorhang, den wir gerne Leben nennen.

Nein, wer wollte da schon zurück? Das hier war alles kalt, schmerzhaft und trostlos. Es gab nur eine Sache, also praktisch nur einen Menschen, da mein armer Flio ja tot war, der mich hier ins Diesseits rief: Ten!

Ich erwachte sehr hart, als hätte mich die Realität durch einen Strohhalm zurückgesaugt. Der Schmerz war überall und auf einer Skala von eins bis zehn zumindest eine Acht.

Ich lag mit dem Mund in dem ekligen Wasser und hatte Glück gehabt, das meine Nase herausschaute. Die Plörre war eiskalt, ich konnte mich nicht bewegen und fühlte nur meine Lippen in einem schnellen Rhythmus zittern. Irgendetwas schwamm um mich herum und es war nichts Gutes. Es war klein und stieß ab und an gegen mich.

Mein Kopf tat weh. Ich kam nur zäh zu der Erkenntnis, dass ich es so nicht mehr lange schaffen würde. Es war einfach viel zu kalt in dieser Brühe und es war auch dunkel. Eventuell waren da Sterne irgendwo oben und ich wollte sie gerne noch einmal sehen, bevor...naja, bevor es vorbei sein würde. Ich reckte mich mit übermenschlicher Anstrengung und spürte, dass ich Ketten an den Handgelenken trug. Große, schwere Ketten hielten mich unten, dort, wo ich nach Meinung von Rus und dem Hutmacher hingehörte. Ganz unten!

Natalia würde sich freuen, hatte ich es doch gewagt, mich gegen sie aufzulehnen.

Meine Lippe zitterte etwas mehr und mein Mund grinste ein wenig. Denn mir fiel tatsächlich ein, dass dies das Beste war, was ich in meinem kurzem Leben zustande gebracht hatte.

Ich, die kleine, schwarze, nun ziemlich nasse, Trudi hatte mich gegen die Patronesse der Mafiaszene gewehrt.

Es wäre mir wohl nicht vergönnt, einen Grabstein zu bekommen. Diese scheußlichen Wasserviecher würden mich auffressen, bis nichts mehr von mir übrig bliebe.

Doch hätte ich das Glück, einen zu haben, so würde ich darauf schreiben: *»Ich, Trudi, habe mich gewehrt!«*

Nicht mehr und nicht weniger und das würde reichen.

Aber vielleicht sollte ich einfach aufgeben. Hier war es so finster und so eisig. Ich musste nur loslassen. Eventuell war Ten ja auch schon tot, mit Sicherheit sogar. Mein armer Ten, mein armer Flio.

Etwas Glitschiges stieß wieder an mein Bein.

»Nur Geduld, Parasit!« Ich würde mich sinken lassen.

»Nur Geduld, Ten! Ich bin gleich da!«

Schon spürte ich, wie das kalte Wasser über mir zusammenschlug.

Ich ließ mich fallen und versuchte den Atemreflex zu unterdrücken.

Die Ketten waren schwer, sie taten ihr Übriges.

War es schon so weit? Denn ich hörte meinen Namen. Und es war Tens Stimme.

Konnte es sein, dass ich schon auf der anderen Seite war?

Vielleicht sollte ich nachsehen. Und mein Körper wollte Luft holen, aber ich wusste, würde ich jetzt nicht loslassen, so würde das Sterben schwer werden. Sehr schwer!

»Trudi, Trudi!« Es war eindeutig Ten. Ich musste hoch und ich schaffte es. Ich hatte noch Schlammwasser im Mund, da sah ich auf einmal einen großen Stern, den Morgenstern. Oder nein, alles verschwamm.

»T-t-ten! Hilfe!« Ich musste es schaffen, ich konnte mich kaum noch halten. Immer wieder zog es mich herunter. »Magisches Pulver, wo bist du? Rette mich!« Und tatsächlich, vielleicht bildete ich mir das nur ein, war da ein Rest, ein Rest Überlebenswille, ein Rest irgendwas, das keinen Namen hatte. Doch es war gut und es war warm und es

war meins. Ich hatte es mir anders überlegt und tauchte auf: »Ten!«, schrie ich aus Leibeskräften. »Halte durch!«, rief er. »Bitte!«
Es gab einen Mordsradau. Jemand schlug Metall auf Metall und dann gab es einen Platsch!

»Trudi, da bist du! Bleib bei mir!«

»Für immer?« Sein Kuss war heiß, er wärmte mich und brachte mich zurück.

»Schnell, ich brauche hier mal Hilfe! Sie hat Ketten. Das Arschloch hat ihr Ketten verpasst.«

»Ich komme, ich habe einen Dietrich[14]! Halt sie nur hoch!« War das Axel aus der Küche? Ich glaubte es zumindest. Dann wurde ich herausgehoben und es wurde kurz schwarz. Ich erwachte erst wieder, als mir jemand etwas Heißes zum Trinken einflößte. Es schmeckte nach Kaffee. Verschwommene Gesichter tauchten auf:
Edda, Srill und Flio - ich glaubte, ich träumte - und spuckte heißen Kaffee. »Flio? Du bist nicht tot?«

»Trudi, ich hab dich vermisst. Ich war doch bei Srill.
Wir haben uns versteckt, wie du es gewollt hast.«

»Aber der Hutmacher...das Herz?«, stammelte ich.

»Er hat zu Natalia gesagt... gesagt...«

[14] einen nachgemachten Schlüssel, der auf mehrere Schlösser passt

»Was immer er gesagt hat, es war gelogen!«, Srill griff nach meiner Hand. Flio lag mit seinem Wuschelkopf in meinem Schoß und ich streichelte ihn. Ten war da und die eine Stimme in meinem Kopf, die immer so gehässig gewesen war, Koljov: *»Mein Bruder! Du hast ihn gerettet! Ich danke dir, Trudi!«*

»Gerne, er ist nun auch mein Bruder.« Ich konnte Koljovs Geist sehen. Vielleicht lag es am magischen Pulver, vielleicht lag es an mir.

Er strahlte und lachte. Auch er tätschelte ihn.

»Dein Bruder ist da, Flio!«

»Ich weiß«, flüsterte der Kleine, »ich fühle ihn, aber ich sehe ihn nicht.«

»Vielleicht kann ich das ändern?«, dachte ich.

»Mach mal Augen zu!«

Manchmal und wirklich nur manchmal, da hat man das Gefühl, dass etwas Unvorstellbares auf jeden Fall funktionieren wird.

Dies war so ein Moment.

Ich deckte Flios Augen zu und nahm meine Handfläche fort.

»Koljov, mein Bruder!« Er sah ihn.

»Komm her!«, forderte Koljov ihn auf. Flio ging zu dem Geist und umarmte ihn: *»Ich hab dich lieb!«*, sagte er.

»Ich hab dich auch lieb!«, der Geist weinte neblige Tränen.

»Aber du musst mich nicht vermissen, denn auch, wenn mein Herz eigentlich in jemand Fremden schlägt, so ist es eigentlich immer bei dir!«

Der Kleine nickte.

»Geh mit Trudi und mit Ten und werde glücklich! Ab und zu treffen wir uns in Nodi. Slotti kennt den Weg.«

Flio lächelte.

Aber da tauchten Eide und Lot auf.

»Hey, wir haben noch etwas zu tun! Vergesst nicht unsere schlafenden Brüder und Schwestern! Beeilt euch, bevor Natalia und der Don ihre Spuren verwischen!«

Ten brachte mir eine schwarze Hose und einen Mantel mit Kapuze. Mühselig richtete ich mich auf, ich spähte durch das kleine Tor: Die gefangenen Kinder machten einen Aufstand und hier und da fielen Schüsse und das ein oder andere Feuer loderte.

Ten kam zu mir: »Willst du nicht warten? Ich kann auch die Schlafenden befreien!«

»Nein«, sagte ich und stützte mich auf Edda, »ich habe es so weit geschafft und schaffe es auch weiter. Außerdem kenne ich den Code der Tür.«

Meine zerfledderte Weste und den Flickenrock ließ ich jedoch, wie ein Insekt, das in die nächste Stufe übergeht, seine alte Haut, am Boden neben den Ketten liegen.

Decem

Ein sanfter Wind wehte über die Welt, er trug, die kleine, besondere Motte hoch hinauf und Slottis Blick fiel noch einmal auf Sodom und seine Kuppelhalle. Aggi war bei ihm. Obwohl der Rüde viel Talent zum Fliegen hatte, taumelte er noch ab und zu zwischen den Böen.

Slotti erkannte einige vereinzelte Brandherde, Motoren wurden gestartet und Autos fuhren überhastet los. Schüsse fielen.

»Gut so!«, meinte Slotti. »Das Gleichgewicht ist wieder hergestellt. Das war eine vertraubelt verzwickte Geschichte!«

Er ließ sich mit dem Wind höher treiben. Aggi tat es ihm nach und durchstieß mit seinen spitzen Ohren eine Wolke. Die Motte lächelte. Sie spürte Stolz, aber auch etwas Trauer. Denn nun würde er seine Freunde Ten und Trudi erst einmal nicht mehr sehen. Und da er eine ziemlich einzigartige Motte war, wusste er auch, dass er allein sein würde. »Slotti, du traurig?«, der Hund knuffte ihn. »´n bisschen!«, murmelte die Motte.

»Ich nicht«, gestand der Hütehund freimütig, »hier ist es doch viel schööööner! Wuhuuuhuuu!« Er flog einen Looping.

»Aggi lange eingesperrt, jetzt Aggi frei! Wuhuuuhuuu!«

In Sleldel spielten sie ein wenig mit den Sternen Fangen.

Der Nachtmahr war fort. Sein Gift hätte Slotti beinahe getötet.

Aber diese Verletzung hatte ihm seinen Vater gebracht. Oft war im Schlimmen auch etwas Gutes. Und wenn sein Auftrag ihn nicht in die böse Fabrik geführt hätte, so hätte er Ten und Trudi niemals kennen gelernt.

Sie passierten das Zeit-Tor und gelangten nach Nodi. Aggi versuchte die Seifenblasen aus den Sümpfen zu fangen.

Der Himmel strahlte in allen Farben, der Wassersprung sprang wieder und mit ihm sprangen die weißen Pferde und galoppierten zum Regenbogen.

Es duftete über dem bunten Wald nach Zuckerwatte und die pastellfarbenen Flugpferdchen kamen angesaust und fragten Aggi, wer er sei: »Ich bin Aggi! Ich bin frei!«

Nun überflogen sie den Wassersprung und erkannten in der Ferne bereits den Weltenbaum.

»Uuuuiiii! Schön!«, staunte der Hütehund.

»Komm schnelll!«, spornte ihn Slotti an. »Da unten ist Dschaymalla!«

»Hallo! Hallooooo! Mambo Mama!«

Die mächtige Mambo ruhte. Doch dieser Ruf ließ sie die Augen öffnen und auch die kleinen Pelzlinge kamen herbei. Die Blüten reckten ihre Kelche in die Richtung, in der sie die Ankömmlinge wähnten[15].

»Mambo Mama!«, Slotti kehrte in den Schoß der Dschaymalla zurück und wies auf den fliegenden Hütehund: »Das ist Aggi, ich habe ihn mitgebracht. Er ist ein Held! Er hat einen Welpen vor dem Hutmacher gerettet. Leider ist er dabei in der jenseitigen Welt gestorben.«

Der Hund landete ungestüm und wedelte mit seinem Schwanz:

»Hallo, große Mamba! Ich, Aggi, freue mich!«

»Sei gegrüßt, Aggi! Du bist also ein Held!«

Der Hund wurde etwas verlegen und als die winzigen, leuchtenden Blumenelfen neugierig herangeflogen kamen, da nieste er.

» Aggi Held-Sein nicht geplant!«, erklärte er.

»Vielleicht können wir dich in unsere Wolfspatrouille der Hügelwölfe integrieren«, überlegte Dschaymalla, »sie können sicher noch einen tüchtigen Späher gebrauchen, um Nodi vor Angriffen aus der Anderswelt zu beschützen.«

»Wuhuhuuu! Das wäre super!«

Aggi flog im Kreis und versuchte seinen Schwanz zu erwischen

Dschaymalla lächelte und sah Slotti an.

---

[15] alte Bezeichnung für vermuten

»Und du, mein Kleiner! Du sollst wissen, dass ich sehr stolz auf dich bin. Das hast du gut gemacht. Sehr gut!«

»Ja, Mambo Mama! Wo ist Papa?«

»Hoenir? Nun, er ist ein Gott, einer der unsteten sozusagen. Er hat Geschäfte in der jenseitigen Welt. Man munkelt[16], er habe sich auf eine junge Hexe eingelassen und sei daher im Jahre 1632 unterwegs.«

»Achso!«, seufzte Slotti.

»Was bedrückt dich, du kleines Flug-Ding?«

»Ich weiß nicht, Mama! Ich glaube, es ist immer schwer, wenn etwas zu Ende geht.«

»So ist es, mein Kleiner! Aber ich habe etwas für dich und das ist etwas Neues! Ich muss nur eben eine die Gestalt einer nicht unwesentlichen Sache ändern.«

Die Dschaymalla erhob sich und mit ihr erhob sich der magische Wind. Kraft ihrer Gedanken rief sie Schlange und Schlange wurde zum Stab. Sie schloss die Lider und die Ascheaugen Thebens starrten zum Himmel: »Sedumm - sedur - seropolus!

Das Beste kommt oft ganz zum Schluss!
Sadi - seda - Serumpapa!
Und trotzdem war es immer da!«

[16] Es geht das Gerücht.

Der magische Wind sammelte das goldene Pulver und ließ es vor der Hexe in der Luft tanzen.
»Lilei - lesur - dali - dalein! Nun sollst du eine Motte sein!«

Der goldene Wirbel tanzte immer wilder und plötzlich hörte man ein lautes: »Hatschi!«
Es gab einen kleinen Puff und das Pulver war verschwunden.
Slotti rieb sich die Augen und die Anwesenden gaben ein verblüfftes Geräusch von sich.

Da regte sich etwas in einer großen, lila Blüte am Fuße
des Weltenbaumes und goldener Blütenstaub flog umher.
Slotti flog interessiert heran und schaute über den Rand der Blätter.
Und was er da sah, ließ sein Herz höher schlagen.
Da ruhte jemand wie er, eine goldene Motte. Sie glänzte wie tausend Sterne Sleldels. Genüsslich putzte sie ihre Fühler, dann sah sie ihn an.
Slotti erschrak und versteckte sich hinter den Blüten.
Das goldene Gesicht folgte ihm und lachte hell.
»Was vertraubelt machst du denn da unten?«
»Ich hab mich vertraubelt erschrocken!«, erklärte Slotti empört.
Wieder glockenhelles Lachen. Die Motte kam aus der Blüte heraus.

Es schien ein Mädchen zu sein.

»Du bist lustig! Ich bin Tanney! Bist du mein Flug-Freund?«

»Jaaaaa«, rief Slotti, »ein Flug-Freund bin ich. Darf ich Mama?

Dschaymalla nickte: »Nur zu! Meine Kinder!«

- Epilog -

Wisst ihr, was das Gute ist? Das Gute ist, das alles irgendwann endet. Tyrannen sterben, Diktaturen werden zerschlagen und wahrscheinlich endet selbst die Hölle irgendwann.

Denn nur weil Bösewichte böse sind, heißt das nicht, dass sie ewig leben. Und nur weil wir heute Angst haben, muss das nicht morgen auch noch so sein.

Und wisst ihr auch, was das Beste ist? Wenn etwas endet - etwas, das zumal sehr übel war. Denn dann wird Platz geschaffen für etwas Neues, etwas Großes und die Herzen werden frei.

In Sodom gab es einen Aufstand. Axel und einige Erwachsene halfen, doch die meisten, die dieses üble System zu Fall brachten, waren Kinder. Sie vertrieben Natalia, die im Morgenmantel nur mit einer Tasche und dem Don ins Auto sprang. Sie weckten die Schlafenden. Lot und Koljov flüsterten den Kindern den Code für die Tür zu. Edda trug ein kleines Mädchen weg und Lenni kicherte, als er den Benzinkanister öffnete. Das Streichholz flackerte hell in Tens Hand und er warf es weit, bevor er sich daran verbrennen konnte.

Die Kinder nahmen die Treppe und jubelten, als sie durch die Kuppelhalle sprangen, sie liefen durch das offene Tor ins Morgenrot - in ein ungewisses Schicksal.

Einige behaupteten später Ten und Trudi seien mit dem kleinen Flio an der Hand geflogen.

In der Kuppel saßen zwei kleine, goldene Motten, schmusten und schauten zu, wie die Kinder verschwanden.

»Ich hab dir vertraubelt lieb, Slotti, weil du genauso prima bist, wie ich bin.«

»Uuuund weil ich dein Flug-Freund bin, meine Besteste!«

»Na, klaro!« Sie gab ihm ein Küsschen.

Eide, Lot und Koljov kehrten heim nach Nodi, wo Aggi ein Hüter-Hund war. Koljov bekam dann doch noch seine Flügel, denn als er seinen Bruder retten konnte, wurde seine Seele heil.

Manchmal ist das Schicksal bereits geschrieben und nur die Dschaymalla, die Weltenlenkerin ahnt es. Vor ihrem inneren Auge sah sie Trudi im fortgeschrittenen Alter, wie sie als Rebellenführerin gegen einen Bösewicht kämpfte, den würde man Zodiac nennen.

Und sie hätte einen Enkelsohn, namens Hidden. Doch das sollte noch sehr lange dauern.

Bis dahin schloss die Weltenlenkerin ihre Augen, auf die mit der Asche Thebens Augen gemalt waren, damit sie besser sah und sie lächelte.

Buchtipps Dreamc@cherverlag:

„Im Wald, da sind die Schlangen“ ISBN:978398223100 Taschenbuch 10,45 Euro, Ebook 2,69 Euro - mit Kindle Unlimeted kostenlos), Autorin Tina Krauss

Dies ist der zweite Teil der „Im Wald-Trilogie". Während der erste Teil, „Im Wald, da sind die Schweine“ noch bei Twentysix-Verlag verfügbar ist, wird er aber bald zum Dreamc@cherverlag heimkehren. In den „Im Wald-Büchern“ geht es um den zwölfjährigen Lutz und die gleichaltrige Nini, die sich verlieben. Lutz hat ein trauriges Geheimnis: Sein alkoholkranker Vater verprügelt ihn ständig. Doch es gibt eine magische Wendung, als die Kinder in den Wald abhauen und dort mit unerklärlichen Ereignissen und einem Hüterschwein, namens Eddie, und den Prophezeiungen der „Blauen Blume“ konfrontiert werden.

In „Im Wald, da sind die Schlangen“ sind Lutz und Nini zwar noch zusammen, aber es läuft nicht so prickelnd. Mario taucht aus Ninis Vergangenheit auf und macht ihr schöne Augen. Während Lutz nur über seinen Stiefvater grübelt und Angst vor dessen Rückkehr aus dem Gefängnis hat. Hinzugekommen ist noch ein dritter Strang, in ihm wird zurückgeblendet ins Jahr 1631. Die Autorin hat ihrem Buch einen wahren Hintergrund zugrunde gelegt und zwar die Verbrennung zweier angeblicher Hexen. Die eine war Maria veneficia (die

Giftmischerin), die andere war die Welsche Jodoca (welsch steht für ausländisch). Jodoca soll für den Waldgott Hönir ein Ritual vollführen, bei dem diesem

ein Waldstück im Saarbrücker Wald geweiht werden soll. Allerdings geht das Vorhaben schief und der Gott hängt fest. Durch diesen Frevel kommt der Dämon Tschinchini, der Jodoca fortan nach der Seele trachtet, in die Welt. Jodoca will ihre Freundin um jeden Preis vor dem Feuer retten.

Wird es ihr gelingen? Lest selbst!

https:// jugendbuecher-tina-krauss.jimdo.com

2. Buchtipp: Eden - Mutterlandtrilogie 1

Er hat keinen Namen und keinen Geburtstag. Sie nennen ihn Christo. Er hat noch keine Schule von innen gesehen und wird ständig verprügelt. Christo lebt auf einer gruseligen Farm, die man „Eden" nennt. Aber manche flüstern,

es sei „Mutterland", denn dort hat eine brutale Frau das Sagen, die die Kinder Mutter nennen müssen. Doch Christo träumt, das macht ihn besonders. In seinen Träumen sieht er seine richtige Mutter und sie schreit: „Renn!" Ja, Christo weiß nicht viel, doch er weiß, er muss schnell sein.

„Rache sei süß, sagt man…in Wirklichkeit ist es nur die Vorahnung…Nein, Rache ist ein notwendiges Übel, ein Versprechen, das man demjenigen gibt, den man im Spiegel sieht!“

Unglaubliche Spannung in einer Zwischenwelt

von Syndikat, Sekte und Menschenhandel!

Dreamc@cherverlag, Jugendroman ab 14 J.

ISBN:978-3-9822231-2-4

Buchtipp 3: Ex-Lex Mutterlandtrilogie 2

Nachdem Eden brannte, führt Christo seine Ex-Lex, was gesetzlos bedeutet, in eine neue Freiheit. Hierbei lebt die kleine Schar als Vagabunden im Wald.

Callisto kann aber nach der schlimmen Zeit in der Villa Prima nur noch daran denken die anderen Gefangenen aus den Händen des Don zu befreien. Hierbei wagt sie einen Alleingang und wird gefangen. Der Don übergibt sie einem anderen Clan-Führer, den man Khan nennt und der in seiner Residenz ein grausames Regiment führt.

Nun steht Christo vor seiner schwierigsten Prüfung, hierbei muss er nicht nur an seine körperlichen und psychischen Grenzen gehen, sondern am Ende auch seinen eigenen Stolz überwinden.

»Zeit und Raum gibt es nicht im Traum. Eventuell existieren sie gar nicht. Es sind nur wackelige Balken, an denen sich das trübe Gemüt gerne festhält, um nicht ins Bodenlose zu sinken. Die Wahrheit allerdings ist irgendwo dahinter, jenseits von Uhren und Tageslicht, dort, wo nur die Mutigsten hingelangen. Die, die sich am Ende doch trauen zu denken.«

Nun, da der Mond am Himmel stand, kam ich heraus, wie eines dieser kleinen Nachttiere und ich erklomm den Berg. Was beschwerlicher war, als der Abstieg, bei dem ich so mit Adrenalin vollgepumpt gewesen bin, dass ich nicht Herr meiner Sinne war. Ich hatte mein Messer dabei, aber meinen Stolz abgelegt, so wie das zerfledderte Hemd, was ich stellvertretend für mein Leben einfach bei den Glocken niedergelegt hatte.

Ich hoffte nicht auf Gnade, diese Hoffnung hatte ich verwirkt, als ich Khan, dem mächtigsten Typen hier, das Gesicht mit seiner eigenen Gabel zerfleischt hatte. Ein wenig grinsen musste ich schon, wenn ich daran dachte, dass er so auch nach meinem Ableben ein Souvenir an mich behielt.

Als ich die Lampen am Eingang der Villa sah, holte ich tief Luft.

Dann stolperte ich einfach weiter. Es gab einen Riesentumult. So glückliche Gesichter hatte ich in meinem Leben bei so abgefuckten Söldnern nie gesehen. In Gedanken hatten sie schon die Belohnung für solch einen fetten Fang vor Augen. Vielleicht war es bei einigen auch nur das Zurückerlangen persönlicher Rechte.

Es war mir egal.

Taschenbuch Ex-Lex 8,99 Euro ISBN: 978-3-9822231-48

E-Book 2,41Euro, bei Kindle Unlimeted kostenlos

"Gehe nicht in den Wald!", sagen die Alten und um diejenigen, die dort ihr Unwesen treiben, nicht zu erzürnen, nennen sie nicht ihre Namen, sondern machen nur ein Kreuz vor dem Kehlkopf.
"Und vor allem: Gehe nicht allein! Denn sie brauchen Kinder, um sie ihrer Gottheit zu opfern!"

"Alles Ammenmärchen!", denkt der erst zehnjährige Neish. Er und sein gleichaltriger Freund brechen die Regeln des Stammes und spielen in eben diesem Wald das Spiel "Tatoka", was so viel bedeutet, wie: "Mach das nach, du Schisser!" Und sagen wir einmal so: Unvorhersehbare Dinge geschehen und halten die Kinder auf, bis es dunkel wird.
Nun, soll der junge Neish seinen Ungehorsam sehr bereuen, denn sie sind schon auf dem Weg, ihn zu holen. Und eines sollte man wissen: Wer den Daers in die Hände gerät, der bezahlt einen hohen Preis.

Im Kathan-Goo-Kult geht es um Neish, der durch seine eigene Unachtsamkeit von Mensch-Tier-Wesen entführt wird, die der Blutgöttin Seth-Kathengi dienen.

Daraufhin muss er eine Zeit lang in ihrem unterirdischen Reich als Sklave dienen. Allerdings findet die Hohepriesterin, Imri, Gefallen an seinem Blut, da es magisch ist und sie lehrt ihn eine hohe Kunst, genannt Doljeste.
Aufgebaut ist das Buch in eine Hauptgeschichte, unterbrochen von einer Legende, die die Entstehung des Kultes erklärt.
Ausnahmsweise Fantasy, ab 15 Jahren- nicht ganz ohne!!! Bei Amazon 9.62 Euro, kindle unlimeted 0Euro, EBook 2.99Euro

Leseprobe: Kathan-Goo-Kult (Erster Teil)

»Spiele zu spielen ist ein wichtiges Ding, es macht uns schlau, unterhält uns und wir lernen unbewusst mit dem prickelnden Gefühl von Macht umzugehen. Manche jedoch spielen lieber als andere und sie entwickeln eine Gier nach dem Thrill und dabei gehen sie oft ein wenig zu weit.«

Eigentlich war es verboten am Rande des stinkenden Flusses zu sein. Eigentlich sollten wir nach Hause gehen.

Die alte Hara hatte es hundertmal gesagt: »Neish, gehe nicht zum stinkenden Fluss! Vor allem du nicht! Ich habe deiner Mutter auf dem Sterbebett versprochen, dass ich nicht zulassen werde, dass sie dich kriegen.« Sie sah zur Tür, draußen heulten die Hunde. Hara machte dieses Zeichen vor ihrem Hals. Ich wendete mich ab.

»Viele Kinder sah ich verschwinden«, murmelte die Alte mehr zu sich selbst, »Sila und Odo und viele andere.«

Ihre grauen Augen glänzten glasig und sie sah mich mit einem irren Blick an. »Ich spüre sie, Neish, spüre ihre Seelen und soll ich dir sagen, was das Schlimmste ist?«

»Sag es!«

»Sie sind nicht tot!« Sie spuckte ins Feuer und gespenstige Schatten zuckten an der Wand der Hütte.

Doch heute war ich hier an der Schlucht. Mein Freund Are war mit mir und wir spielten das Spiel. Ja, es war nicht irgendeines, es war **das Spiel** und es enthielt die ultimative Herausforderung, der man sich als Zehnjähriger stellen konnte - die Herausforderung des Lebens selbst.

»Ich bin schon drüben!«, schrie mein dunkelhaariger Freund. Er war nur um weniges älter als ich und dann fügte er etwas hinzu, was meinen jungen Körper kribbeln ließ: »Tatoka!« Eigentlich hatte dieses Wort gar keine Bedeutung, aber für uns Kinder hieß es: »Mach das nach, du Schisser!« Und selbstverständlich würde ich dieser Aufforderung nachkommen.

Are war über einen Baumstamm balanciert, den einer der Urwaldstürme entwurzelt hatte, vielleicht war er von selbst umgefallen, weil auch die alten Bäume kraftlos werden, wie die alten Leute es tun.

Auf meiner Seite lag die Krone und die Blätter waren bereits abgefallen. Dort, wo der Abgrund begann, war der Stamm ausgebleicht und dünn. Er wurde schnell wieder dicker und der imposante Wurzelballen lag da, wo Are winkte. Ich hängte die Schüre meines Beutels über die Schulter und machte mich daran einen festen Tritt zu suchen.

Ich setzte meinen rechten Fuß mit der dünnen Sohle eines der Schuhe, die wir selbst herstellten, auf die glatte Rinde.

Ich atmete tief ein und nahm einen leichten Geruch von Verwesung wahr, was in einem Wald, in dem alles irgendwann in seinem Humus endet, nichts Ungewöhnliches schien.

»Mach schon, Neish! Tatoka!«
Er hatte es wieder gesagt. Das erhöhte den Druck und dann hatte ich den Fuß auf dem Stamm und ging los.
Irgendetwas Seltsames war da hinter mir. Doch ich konnte mich in meiner Position nicht umdrehen.
Ich manövrierte mich selbst um einen abstehenden Zweig, dann kam die Tiefe.
»Nicht nach unten gucken, Neish! Bloß nicht nach unten gucken – sonst schaffst du es nicht!«
Meine Knie wurden weich, mein Fuß zitterte und ich überlegte zurück zu gehen, was wohl die größte Schande wäre.
Are feixte auf der anderen Seite. Fünfzehn Meter waren es bis dorthin. Fünfzehn Meter sind nicht viel, aber für mich waren gerade im Moment diese fünfzehn Meter die Welt.
Und dann war da noch etwas. Ich hatte so ein komisches Gefühl, es machte mir Gänsehaut. Vielleicht war es auch ein Geräusch. Ich lauschte, aber ich konnte mich nicht konzentrieren. Unter mir war der Fluss und er rauschte und schäumte. Aber er war weit unten und ich konnte ihn kaum im Nebel den die kleinen, grauen Wasserfälle verursachten, erkennen.
Ich war schon weiter gekommen und nun bald in der Mitte des Stammes. Alles verschwamm vor meinen Augen.
Und wieder dieses unangenehme Kribbeln, als sei ein Raubtier in der Nähe. Oder war es ein Wispern?
Das konnte nicht sein! Jemand oder etwas flüsterte einen Zauberspruch.
»Mensch, Neish!«, schrie Are. »Du Memme! Sehnst du dich etwa nach dem Schoß deiner alten Hara?«
Nein, das tat ich nicht!
»Es ist doch nicht schwer!«

Doch, es war sauschwer. Verdammte Höhenangst!
Dann hatte ich es doch getan. Ich setzte nicht einen Fuß vor den anderen, ich zog den linken nach und dann spürte ich den Stamm vibrieren. Er zitterte wie ein pulsierender Bienenstock. Das Wispern in meinem Ohr, die Augen von etwas Unaussprechlichem und ich hörte jemand lachen.

»Du dummer Junge!«, hörte ich Haras.

»Geh nicht zu tief in den Wald, gerade du nicht!« Sie legte meine Hand auf ihr Bein und strich mit ihren Fingern darüber.

»Hüte dich, mein Kleiner! Denn das Böse streckt seine Klauen nach dir aus. Ich habe damals schon deine Mutter gewarnt. Leider hat sie nicht gehört!«

Hara schloss die Augen.

»Wo ist meine Mama? Ist sie in Mangoon, bei den guten Göttern?«

»Ich hoffe so!«

Erste Legende

In den Tagen, als das Chaos die Erde gebar, wie eine Wölfin ihren Welpen, da teilte sich Licht von Schatten.

Es gab Wesen, die älter waren, als das Chaos selbst und sie existierten ohne Zeit und Raum, die nannte man Götter.

Sie kannten damals keine Emotionen und hatten keine Körper, wie wir es kennen.

Doch diese jungen Götter beobachteten gern und als sie dem Chaos nicht mehr zusehen konnten, weil

es sich klärte, da traten einige auf die Seite des Lichtes, andere aber - die wilderen und wüsteren - verweilten lieber im Schatten. Zu ihnen gehörte Tarturo, denn er war der Gott der Qual.
Eine, die ins Licht trat, war die Sonnengöttin Lia, sie strahlte hell.
Obwohl die Götter so unterschiedlich waren, hatten sie eine Sache gemeinsam, sie langweilten sich schnell und um sich zu unterhalten schufen sie empfindliche Wesen, schwach in Gemüt und Körper - das waren die Menschen. Sie nannten sie Ook-Ahn.
Mit ihrer Geburt begann ein Wettstreit.
Während Lia und ihre Verbündeten die Aufgabe hatten, die Menschen auf einen hellen Pfad zu führen, oblag es Tarturo und Seinesgleichen das Gute in ihnen zu vernichten und wenn es nicht anders gehen sollte, so viele wie möglich auf den Pfad des Todes zu schicken.
Eine jedoch, Eradi, entschied sich nicht für hell oder dunkel. So wandelte sie bis heute zwischen den Welten und sorgt für den Ausgleich und die Gerechtigkeit. Aus ihr wurde die Erdmutter.

Das Wispern hatte aufgehört, ich hörte nur die Nachtgeräusche und das Gurgeln des Flusses auf der anderen Seite erahnte ich blitzende Augen, die sich öffneten als seien es Poren in der Haut der Dunkelheit.
Die Nacht war kalt und ich fror auf dem Stamm, mein ganzer Körper war ein einziger Schmerz.

Sollte ich es versuchen? Was hätte Mutter gesagt, wenn sie noch da wäre, was Hara?
Nur mühsam gehorchten mir meine Gliedmaßen und ich kroch langsam und tastend über die Rinde.
Von unten waberten Nebel von oben schien der volle Mond und am andern Ufer leuchteten Fackeln.

Das musste Sadoch, der Stammesführer, sein. Vielleicht würde er ein Auge zudrücken über meinen Ungehorsam – sicherlich sogar. Immerhin war ich der Sohn seines besten Freundes und auch wenn der jetzt in Mangoon, der Ewigkeit, war, gab es da immer noch ein Band zwischen beiden Männern. Vielleicht hatten sie sich einmal versprochen, auf die Familie des anderen zu achten, wenn einer von ihnen nicht wiederkäme. Vermutlich hatten sie einen Pakt und ein Pakt musste nicht unbedingt mit dem Mann sterben, der ihn abgeschlossen hatte. In Sadochs Gesicht las ich immer Bedauern, jedes verdammte Mal, wenn er mich ansah.

Ich war schon ziemlich weit gekrochen und es trennten mich nur noch einige Meter vom anderen Ufer, da verschwanden die Lichter wieder. Mit ihnen starben auch die Tierstimmen und ich hatte plötzlich eine Gänsehaut im Nacken.
»Sieh nur Mama, sieh! Ich kann es doch!«
Ich hatte keine Wahl, obwohl ich nicht wusste, was mich auf der anderen Seite erwartete, sprang ich und hatte endlich wieder festen Boden unter den Füßen.

Ich sank auf die Knie und hätte heulen können. Ungläubig betastete ich das feuchte Gras und atmete aus. Doch die Haare in meinem Nacken waren noch aufgerichtet und wenn ich eines aus den vielen Gruselgeschichten, die die Alten am Feuer zum Besten gaben, gelernt hatte, dann, dass ich mich beeilen sollte.

»Nehmt euch in Acht! Geht nicht zu tief in den Wald!«, ein Raunen erfasste die Jungen und die Kleinen zuckten zusammen. »Vor allem... geht nicht allein, denn die...«, sie machte das Kreuz vor der Kehle, »sind da draußen und sie brauchen junges Blut.«

Der volle Mond lächelte mild und schickte gnädig ein paar Strahlen.

»Ich muss hier weg!«, dachte ich bei mir. »Wo bleibt Sadoch?«

Eine Wolke trat vor den Mond und es wurde kalt. Mein Nacken kribbelte, mein Puls blubberte in meinem Ohr und ich wusste, die Angst war zurück.

Obwohl meine Knie sehr weich waren, rappelte ich mich auf und taumelte in die Richtung, wo ich den Weg vermutete. Nur, dass da keiner war.

»Sadoch?«, rief ich erst leise, dann lauter, »Sadoch, bitte ich tue es nie wieder! Versprochen!«

Plötzlich Fackellicht. Da schienen sie zu sein.

Willenlos und zu Tode erschöpft folgte ich den Flammen auf dem engen Pfad.

»Sadoch? Are?«, ich heulte mittlerweile und wusste nicht mehr, wie weit ich gegangen war. Irgendwie hatte ich auch den zweiten Schuh verloren. Ich merkte es nur daran, dass ich unter meinen Füßen, den feuchten Matsch des Urwalds fühlte. Ich roch den Zerfall. Ich heulte immer mehr und begann seltsame Schatten zu sehen. Die rechts und links meinen Weg begleiteten.

Da war das Licht verschwunden und ich fiel auf die Knie.

»Was hatte ich getan? Sadoch, warum bestrafst du mich so sehr? Es ist nur ein Streich gewesen, nichts Großes.«

Die Stimme meiner Mutter kam mir in den Sinn: »Um richtig

gut zu sein, musst du deinen Atem beruhigen!«
»Ich bin ruhig, Mama!«
»Das reicht nicht! Spann die Sehne - so. Atme ein - atme aus! Augen zu - auf- und Schuss!«
Ich fasste ihren Vodoo-Anhänger an, den Talisman mit Federn und dem kleinen Säckchen. Ich senkte den Kopf:
»Oh Sonnengöttin, Lia, wenn du mich hörst, zieh mich auf die Seite des Lichtes! Rette mich!«
Da vorne waren die Lichter wieder, sie flackerten auf und ab. Noch einmal wollte ich es versuchen und rappelte mich auf. Ich wankte in die Richtung, in der ich sie sah. Mittlerweile wusste ich nicht mehr, ob sie mich überhaupt auf die richtige Spur führen würden. Allerdings fiel mir nichts Besseres ein und so ging ich weiter.

Die Flammen erloschen und wurden auf der linken Seite neu geboren. Es ging schnell, wie in einem Atemzug und ich wunderte mich, was das für ein Trugbild war. Als ich mich zu den Fackeln drehte, knallte ich mit etwas zusammen und eine Kugel rollte mir vor die Füße. Ich konnte sie nicht richtig sehen, aber es roch irgendwie widerlich.

Aus einem Impuls heraus hob ich die Kugel auf. Ich tastete, sie war nicht ganz rund und an manchen Stellen hart, an anderen seltsam schmierig. Ich konnte nichts erkennen.

Da fiel ein Mondstrahl auf meine Position und ich erschrak bis ins Mark. Es war ein Schädel.

Noch bevor diese Information mein Gehirn erreichte, bewegten sich meine Füße. Die Erschöpfung war verschwunden. Adrenalin pulsierte in mir, es überschwemmte mich und kam mir zu den Ohren raus.

»Scheiße!« Ich hastete durch Dornen und schlitterte durch den Matsch, ich strauchelte ein paar Mal und kullerte eine Anhöhe hinunter. Als ich mich verwirrt umsah, fand ich mich auf einem recht breiten, belaubten Weg. Vor mir erhob sich ein altes Steintor mit vielen erschreckenden Abbildungen in seinem Gemäuer. Hier konnte man alles ganz gut erkennen, denn der Urwald war zurück gedrängt worden.

Von Menschenhand?

Ich hatte das deutliche Gefühl, dass mich jemand beobachtete, es schnürte mir die Kehle ab.

Hinter mir näherten sich Schatten und ich kam auf die Füße und begann abermals zu laufen.

»Es gibt einen uralten Tempel mitten im verbotenen Wald, niemand weiß, wo er liegt. Dort hausen die..., es sind keine Menschen mehr. Sie dienen einer bösen Gottheit und ihr opfern sie Kinder, unvorsichtige Kinder.«

Hara machte das Kreuz vor der Kehle.

»Ist der Wald deshalb verboten, Hara?«

»Ich denke, wenn viele schlimme Dinge auf einem Stück Land geschehen, dann nimmt dieser Platz das Grauen in sich auf und manchmal ist das für manche Leute sehr anziehend. Denn dieses Grauen bereitet uns ein Kribbeln und eine Gänsehaut. Aber hüte dich, es gibt Dinge zwischen Himmel und Erde, die wir nicht verstehen! Wer den Kathangoo-Tempel entdeckt und in ihren Kreis einkehrt, für den ist der Tod noch das Harmloseste. Er bezahlt in jedem Fall einen hohen Preis.«

Hinter mir näherten sich Gestalten, sie waren groß, aber ich glaubte nicht mehr daran, dass es Sadoch wäre.

Nur zu gerne hätte ich mich ihm vor die Füße geworfen und um Gnade gebeten für einen Jungen ohne Eltern. Aber diese Option

hatte ich nun leider verwirkt. Diesmal hätte ich gehorcht und das war nicht nur so ein Spruch.
Ich und einige andere Kinder des Dorfes schlugen oft alle Warnungen in den Wind, nun sah ich, wohin das führte.
Die Gestalten bewegten sich geschmeidig und in der Formation jagender Raubtiere. Also ging ich durch das Tor.
Ich schlich über den runden Platz, in den es mündete. Er war von einer böckelnden Mauer eingegrenzt und links stand ein niedriges, zerfallenes Gebäude. Rechts jedoch stiegen Treppen zu einem imposanten Bauwerk auf, das reich verziert und von Steinskulpturen bewacht war.
Geradeaus im Norden ragten hohe, dunkle Urwaldbäume in den Nachthimmel und es gab scheinbar einen Ausgang. Vielleicht könnte ich es schaffen, dorthin zu gelangen.
»Wenn du das willst, kannst du alles schaffen, dein Vater war ein großer Krieger!«
»Und du Mama, was bist du?«
»Nun erstens bin ich deine Mama und zweitens bin ich ein bisschen anders.« Sie hatte gelacht.
Ich hatte das Gefühl, ich könnte ihr Lachen immer noch hören oder lachte jemand anders.
Ich war mitten auf den Platz gerannt. Das Rondell wurde von vielen Säulen, vielleicht sieben oder acht, eingegrenzt. Sie waren mit Schriftzeichen versehen. Zwischen zweien musste ich durchlaufen, um in den Wald zu gelangen.
Vor dem rechten Steinpfahl lag ein Körper auf dem Boden, unter ihm waren dunkle Stellen im Sand Als der Vollmond hell schien, erkannte ich das Unfassbare. Es war Are, er lag auf dem Bauch, um ihn herum war Blut – viel Blut. Ich starrte ihn an und war bald bei ihm. Ich streckte die Hand aus, schaffte es aber nicht, ihn

zu berühren. Tränen liefen über meine Brust. Das war nicht wahr, durfte nicht wahr sein.
Hinter mir kamen die Verfolger näher und ich erkannte sie nun deutlicher. Es waren zwei Männer und eine Frau. Alle in einer seltsamen Kluft aus Tierfellen und Leder. Einer der Männer war sehr groß, der andere kleiner und stämmiger. Ihre Gesichter waren schwarz und weiß bemalt.
Ich warf einen letzten Blick auf meinen toten Freund und wollte flüchten, da knallte ich mit Wucht gegen etwas Hartes: »Guten Abend!«, sagte der Mann, gegen dessen Lederkluft ich geprallt war, mit einer düsteren Stimme.
Er lachte. Ich erkannte sein Gesicht, es war schmutzig und an der Kinnpartie sehr haarig, aber nicht schwarz-weiß wie das der anderen.
Um seine Schulter lag ein dichtes Wolfsfell und seine Haare waren wild und hellbraun. Er schlug mich mit einem Ding. Ich glaubte, es sei der Griff seiner Machete. Ich fiel auf den Rücken und sah in die toten Augen meines Freundes.
Die anderen waren nah, denn ich hörte sie glucksen.

»Das war keine gute Idee im Dunkeln herzukommen. Hat dir niemand von uns erzählt?« Er kniete sich über mich und fasste meinen Hals. Ich schüttelte den Kopf.
»Du sollst mich nicht anlügen!«, brüllte er. Wieder Lachen.
»Wir sind die Daers und ich stelle dir nun eine Frage. Du wirst eine langfristige Entscheidung treffen, verstehst du?« Ich wusste nicht, ob ich verneinen oder nicken sollte und tat beides.

Er drehte mich auf den Bauch und hielt mir scharfes Metall an die Kehle. Er stank nach wildem Tier.

»Hör mir gut zu! Ich bin Ego und jeder hier bezahlt einen hohen Preis, den lege ich fest.« Das Rauschen des Flusses war in meinen Ohren, ich konnte ihn fast nicht verstehen, denn das Wispern war auch wieder da.

»Es gibt zwei Möglichkeiten, Junge«, zischte er, »entweder du entscheidest dich dafür, zu uns zu gehören, das heißt uns im verborgenen Reich unserer Göttin Seth-Kathengi als Sklave zu dienen oder ich beende dein Leben hier und ich mache es kurz.«

Ich verstand nicht, was er wollte.

»Dein Freund da«, er hob meinen Kopf und ich sah Are, »hat seine Entscheidung schon gefällt.«

Wieder Wispern, Zittern, Blutgeruch. Ich spürte das Messer.

»Ich stelle die Frage nur einmal«, er sagte es übertrieben laut, so als spräche er nicht zu mir, sondern zu den verfallenen Mauern selbst. Alles an ihm war bereit, der übermenschliche Tier-Mann würde beide Varianten akzeptieren. Dies war ein Wendepunkt im Lauf des Schicksals – meines Schicksals.

»Willst du leben?«

Ich hörte mich selber sagen: »Ja.«

Das war das Letzte, was ich in diesem Leben sagte.

Es ging etwas umher und ein Geheul war zu hören, Fackeln entzündeten sich wie von Geisterhand auf den Säulen.

Er drehte mich herum und obwohl ich versuchte, mich aus Leibeskräften zu wehren, hielt er mir mit einer Hand den Mund auf und mit seinem Messer drang er in ihn ein, der Schmerz war unbeschreiblich.

»Dein Preis soll deine Stimme sein!«

Meine Augen waren geweitet. Ich sah den Löwenmann, wie er meine Zunge ins Mondlicht hielt und er trillerte, wie man es von Indianern kennt. Dann wurde alles schwarz.

»Du bist nur ein Sklave und ich Miu-Miu. Das darfst du nicht. Aber du bist totgeweiht und ich denke, da kann man das durchgehen lassen.«
Sie legte ihren Kopf mit den weichen Ohren und den Locken in meinen Schoß und ich kraulte sie und döste ein wenig.
Erst als sie weg war, wurde mir bewusst: Ich hatte ein großes Problem und ein mächtige Versprechen, saß mir im Nacken.
Ich schlief eine Nacht darüber und ich träumte von der Priesterin und von Tarturos Vulkan. Imri war bei Tur und ich schlich mich von hinten an. Sie standen am Rande einer Grotte und es war furchtbar heiß. Das Gesicht der Priesterin war schweißnass. Sie wusste, dass ich da war und ich wusste, dass sie es wusste. So gewandt konnte niemand sein, sich an ihr vorbei zu schleichen. Denn hier waren Mächte am Werk, die konnte sich jemand wie ich nicht mal vorstellen. Sie machte Tur einen Schnitt ans Handgelenk, ich merkte, dass er sie anstarrte, wie die Motte das Licht. Sie drehte sich herum und ihrer schwarzen Augen zogen mich zu sich hin. Meine Knie waren weich, sie zitterten wie Espenlaub und dennoch taumelte ich wie an Fäden gezogen zu ihr. Es war ein Traum und deshalb hatte ich meine Stimme noch.
»Was willst du hier, Broof, Sohn der Schamanin?«
»Ich bitte dich um das Leben dieses Dreckskerls! Nimm mich an seiner statt!«

»Willst du dein Leben schon beenden? Ich sehe Liebe in deinem Herz – oder wie auch immer ihr es nennt!«

Sie berührte mein Kinn mit ihrem Finger und die Flammen erloschen. Ich wurde sehr ruhig.

»Wie sollte ich dich nehmen? Das steht nicht im großen Buch Tangrit und du bist noch zu jung, zu winzig. Ich muss es dir aber lassen, du hast ganz schön Schneid!«

»Ich habe es versprochen - meiner Freundin!« Ich stand zwischen Tur und ihr, er drehte sich herum, aber er sah mich nicht. Er stand unter Imris Bann.

»Nimm mich! Ich bitte dich! Ich weiß, dass du es auch willst!«

»Du weißt gar nichts Junge! Ich kann dir unendliche Schmerzen bereiten oder unendliche Lust und dich bei beidem töten.«

»Ich weiß. Nimm mich!«

Ich hielt ihr das Handgelenk mit der Narbe hin. Sie unterbrach die Verbindung zu Tur.

»Verpiss dich!«, sagte sie zu ihm.

Dann öffnete sie meine Narbe mit ihrem Geierring und begann zu trinken. Sofort liefen mir Wellen der Verzückung durch den Körper.

»Ich will dir etwas verraten. Denn du hast mich überrascht.« Sie machte eine Pause und ich hielt ihr sofort das blutende Handgelenk wieder hin. Das Blut tropfte auf den Felsen und verdampfte.

»Bisher haben die Ook-Ahn mich immer gelangweilt, mit ihrem Jammern: Lass mich leben, ich bin nicht schlecht! Bla, bla! Bitte, bitte! Doch du bittest mich um deinen Tod für die Rettung dieses Arschlochs, das dich gequält hat und leiden ließ, obgleich du ihm niemals etwas getan hattest. Das ist schon bemerkenswert!«

»Beende es!«

»Aber dann ist das Spiel aus. Und ich spiele doch so gern!«

Sie gab mir noch einmal, was ich wollte und trank noch etwas. Diesmal drang sie in meine Gedanken ein:

»Es ist Ego, der die Preise festlegt, aber ich behalte sie, ich verwahre sie für die Ewigkeit. Denn die Ja-Oder-Nein-Frage ist eine ewige Frage.« Als sie aufhörte zu trinken hatte sie ein Glas in der Hand. Sie hielt es hoch über den Eingang der Grotte, in dem unten die Flammen des Vulkanes züngelten.

In dem Glas war eine Zunge - meine.

»Das kannst du nie wieder haben! Doch ich schenke dir etwas viel Besseres. Du wirst sehen! Denn du hast das Zeug dazu.« Ich war schwach und fiel um.

»Du hättest Betteln und kriechen können, du hättest dich nicht schämen müssen. Meine matten Augen haben alles schon gesehen. Aber Liebe – interessant! So sei es!«

Sie warf das Glas sehr hoch über die Flammen und zu meinem Entsetzen sprang der benommene Tur hinterher wie ein Hündchen dem Knochen.

Ich schrie: »Nnnneieiein!«

»Wieso nein, mein Junge? Du hast doch ja gesagt!«

Sie lachte und lachte. Ich hatte ihr helles Lachen noch im Ohr, als ich aufwachte. Auf meiner verschwitzten Brust fühlte ich den Talisman meiner Mutter. Ich hatte das Gefühl, er wäre warm unter meiner Hand.

Shi-Zu kam angelaufen und rieb seinen kleinen, blauen Kopf an mir, Sheila schaute nur von fern zu und der kleine Armin lag immer noch auf der Seite und schlief. Meine Haare waren zu lang, sie standen nach allen Seiten. Deshalb hatte ich mir einen Lappen zu einem Stirnband geschnitten und das legte ich jetzt an. Ich stolperte ein paar Mal über allzu freche Katzenkinder, die nun zu spielen begannen. Elle kam gähnte und streckte sich. Manchmal sah sie mich so komisch von der Seite an. Sie hatte zwei Kringel dabei, die waren sicher von Rani. Als die Katzen ihr Frühstück hatten, setzten wir uns auf einen Felsen und schauten ihnen beim Spielen zu. Elle hatte für uns zwei Tassen Milch abgezweigt und reichte mir eine. Ich schlürfte ein wenig daran und tunkte meinen Kringel hinein.

»Was ist mit dir, Junge? Du bist heute Morgen so unruhig.«

Sie war nicht schlecht, gar nicht schlecht. Ich schielte ein wenig zu ihr herüber und ich fand, sie war trotz ihres fortgeschrittenen Alters recht hübsch. Sie hatte Schnurrbarthaare wie Nichi und sie hatte einen Schwanz, den sie nun beim Sitzen vorsichtig um sich drapierte. Alles in allem war sie silbrig-grau, was ihr etwas Weises verlieh.

»Hat es was mit Nichis Besuch zu tun?«

Ich nickte zögernd. Sie kannte Nichis Namen.

»Ich weiß, du kannst es mir nicht sagen, aber es hätte mich schon interessiert, was da passiert ist in Egos Haus. Normalerweise ist der, der den Preis verlangt, verantwortlich für die Broof und vor allem frage ich mich, was du getan hast, dass er dich so zugerichtet hat.«

Ich zuckte die Achseln. Irgendwie schämte ich mich. Ich musste ja immer noch furchtbar aussehen.

Die Katzenkinder rauften zu doll und Elle miaute scharf. Sie lächelte: »Sind süße Bengel, aber ungezogen!« Ich lächelte.

»Am Anfang sind sie eher wie Katzen, je älter sie werden, umso menschlicher werden sie«, erklärte Elle.

Ich zeigte in die Richtung, in der der Tempel lag. Ich klopfte mir auf die Brust und zeigte wieder dorthin. Elle spuckte beinahe die Milch aus.

»Bleib lieber da weg! Imri hat sehr starke Magie und bald ist Lak-Shedal, da drehen hier alle total durch. Das ist gefährlich, Kleiner.«

Wie sollte ich ihr das ohne Stimme verständlich machen? Ich konzentrierte mich auf den Wunsch in den Palast zu gehen und versuchte ihn in meinem Kopf zu formulieren.

»Bitte lass mich gehen, Elle! Ich muss bei der Priesterin für jemanden bitten. Ich habe es versprochen.«

Ich konzentrierte mich und da hatte ich das Gefühl, dass Elle mich verstand. »Was hast du getan?«, fragte sie, um gleich darauf klein beizugeben: »Okay, wenn es dir so wichtig ist, dann geh! Aber sei vor Abend zurück und pass um Seth-Kathengis Willen auf dich auf!«

Ich machte mich auf den Weg, obwohl es mir flau im Magen wurde. Ich hatte ganz schön Schiss. In meinem Traum war ich mutig gewesen. Doch nun sah das anders aus. Und was bitteschön hatte ich getan? Hatte ich ohne Worte mit Elle kommuniziert? Auf dem Weg musste ich mich durch das Gewühl der Händler und Käufer schlängeln und im Augenwinkel sah ich wie der Junge mit dem Haken sich abmühte einen Eimer mit Fisch auf den Tisch zu stellen. Ich ging zu ihm und nahm ihm ungefragt den Eimer ab. Erst jetzt sah ich, dass er doch schon etwas älter als ich war.

»Danke! Ich bin Riff und du?«

Ich führte beide Zeigefinger an die Lippe und nach außen.

»Bist du stumm?« Er nahm meine Hand in seine und betrachtete sie. Er begutachtete die Striemen.

»Sieht aus, als hätten sie dich durch den Dornwald gehetzt.«

Nun drehte er meine Handfläche nach oben und er sah die frische Narbe vom Geierring. »Alter!«

Ich wollte weg, das wurde mir langsam unangenehm. Aber er hielt mich an Turs Hemd.

»Wenn was ist, frag nach Riff, ich lebe bei Diu, dem Händler.«

Ich machte mich los.

Als ich die Hitze des Palastes fühlte, beschleunigte ich meinen Schritt. Doch am Tor angekommen, kreuzten die Wachen mit den Hörnern ihre Speere.

»Was willst du, Dreikäsehoch?«, schnaubte der Linke.

Ich zeigte, durchs Tor.

»Das kannst du knicken, dreckiger Sklave! Geh nach Hause, bevor ich ungemütlich werde!«

Nach Hause gehen? Können vor Lachen!

Die kleinen Drachen matschten mit loser schwarzer Erde bei den heißen Quellen.

Wie sollte Zuzu das bloß anstellen?

Der Wind trieb dunkle Wolken am Horizont entlang und Zuzu wusste, dass diese voller Wasser steckten.

Da sah sie nach den kleinen Drachen und den Wolken und sie hatte eine Idee.

»Kommt!«, rief sie die Drachenkinder.

»Lasst uns ein tolles Spiel spielen!«

»Wie heißt denn das Spiel?«, fragte Corry.

»Das Spiel heißt: Erde in den Vulkan schütten, bevor der Regen kommt!«

»Uuuuuiiiiuuuiiii!«, staunte Hardener.

»Wenn wir es schaffen, bevor der Regen beginnt haben wir gewonnen.«

»Auja, auja ich wollte schon immer mal gewinnen!«, freute sich Yani.
Und sie spannten eine Tierhaut mittlerweile zog der Abend herauf und der Wind roch schon nach Regen:
»Beeilt euch, sonst gewinnen wir nicht«, spornte Zuzu die Kleinen an.
Sie scharrte mit ihren enormen Flügeln so viel schwarze Vulkanasche auf die Haut wie sie konnte und alle fassten ihren Rand. Damit flogen sie schwerbeladen zum Krater.
»Wieso muss ich denn so schwer arbeiten, wo ich doch noch so klein bin?«, keuchte Hardener.
»Nun, weil alle, die gewinnen wollen, schwer arbeiten müssen«, erklärte Zuzu.
Sie mussten dreimal fliegen. Aber, weil alle Drachen sehr stark sind, schütteten sie sehr viel Erde in den Äther und der bekam einen Schluckauf.
Da setzte auch schon der Regen ein und der war heftig.

»Nun, wie ich das mit dem viermal lang einmal kurz hinkriegen soll, weiß ich nicht«, dachte Zuzu, »aber verstopft ist verstopft!«
»Haben wir jetzt gewonnen? Haben wir, haben wir?«, wollten die Drachen wissen.
»Ja, ihr habt und ihr wart die aller, aller Besten!«
»Habt ihr gehört? Wir sind die Bestesten! Wir sind die Bestesten!«, sang Corry.
Die Drachen sprangen im Regen durch die Pfützen.
»Ruhe! Ich will schlafen!«, schimpfte Tarturo.

»Hört mal, wenn der später aufwacht, dann seid ihr lieber woanders«, erklärte die Fledermaus.

»Wo ist denn woanders?«, wollte Hardener wissen.

»Woanders ist überall, nur nicht hier!«